NEW & SELECTED POEMS

玻璃星座

THE GLASS
CONSTELLATION

［美］

施家彰

著

史春波

译

GUANGXI NORMAL UNIVERSITY PRESS

广西师范大学出版社

·桂林·

玻璃星座
BOLI XINGZUO

著作权合同登记号桂图登字：20-2022-245 号

图书在版编目（CIP）数据

玻璃星座 / （美）施家彰著；史春波译. -- 桂林：广西师范大学出版社，2023.5

（子午线诗歌译丛 / 王家新主编）

ISBN 978-7-5598-5811-5

Ⅰ.①玻… Ⅱ.①施… ②史… Ⅲ.①诗集－美国－现代 Ⅳ.①I712.25

中国国家版本馆 CIP 数据核字（2023）第 047511 号

广西师范大学出版社出版发行

广西桂林市五里店路 9 号　邮政编码：541004

网址：http://www.bbtpress.com

出版人：黄轩庄

全国新华书店经销

广西民族印刷包装集团有限公司印刷

南宁市高新区高新三路 1 号　邮政编码：530007

开本：880 mm × 1 230 mm　1/32

印张：12.5　字数：110 千

2023 年 5 月第 1 版　2023 年 5 月第 1 次印刷

印数：0 001~5 000 册　定价：62.00 元

如发现印装质量问题，影响阅读，请与出版社发行部门联系调换。

"玫瑰"之旅——施家彰中文诗集序

　　从 1972 年第一本个人诗集《杨柳风》(*The Willow Wind*, 1972)问世，到不久前才与读者见面的《玻璃星座：新诗与诗选》(*The Glass Constellation: New and Collected Poems*, 2021)，美国诗人施家彰(Arthur Sze)迄今已出版了十二部诗集，其中亦包括他编译的一本中国诗选《丝龙》(*The Silk Dragon*, 2001)。此次由译者史春波编选、翻译的中文版同名诗集《玻璃星座》精选了施氏各个时期的重要作品，我和 Arthur 本人也紧密地参与了翻译过程。

　　施家彰的诗歌背景通常设定在当代美国，特别是他详悉的美国西南部，然而他的诗句却沾染着中国古诗的回音与精确性，这种特征一直延续到他后期的写作，衔接起现今充斥我们周身及内心世界的浩繁的生活片段。

这些万花筒般碎裂、矛盾的镜像真实地映照出了我们的境况，被诗人一针见血的智慧源源不断地照亮。从玛雅历法中的命名到水声渐强的烧水壶，"意识一点点拼凑"，诗中的洞见历久弥新，就像诗人在《自然光》中说的，"一阿秒，此处与彼处消散"。也正如《百武彗星》的最后一句，"记录碎片的人相信，碎片即完整"。这样的领悟力是深植于东方传统的，虽然在埃兹拉·庞德（Ezra Pound）之后，类似的感悟越来越频繁地在西方诗歌中出现。倘若文学冲动的本质是明确地编排、激发出诗意的"多"，以寻求抵达交响乐般统一的"一"，那么，施家彰的诗提供了最接近这一挑战的答案，尤其当我们纵观他这几十年的写作生涯。将多与一、自我与他者融会贯通，并非东方独有的魅力，但如此流畅地捕捉到二者间的振幅却似乎是东方独具。

诗集《罗盘玫瑰》（*Compass Rose*, 2014）在早于《玻璃星座：新诗与诗选》七年前的 2014 年出版，书名来自罗盘上围绕中心向外分支构成方位角的花冠。水手或航海者对罗盘上表示方位的三十二朵"花瓣"再熟悉不过了，比如东北微北、西南微西。它刚好成为诗人后期写作的一个象征，一边触及我们抽象或具体的瞬间感知，一边又从多个场景中转圜。倘若把这朵玫瑰看成一个曼陀罗，罗盘的意义就更加复杂，也更加不确定了。

固定在中心的磁针扫向一个看不见的北方，校准每一个方向。尽管磁针被包围着方位角的圆圈限制在内，却朝向圆圈以外无限延伸。

施家彰诗中的场景不可谓涉猎不广泛——都市，乡野，大漠，海角，西方的，东方的，叙述的，冥思的。具体如他在《大地的弧度》一诗中提到的坐落于威尔士塔夫河上，狄兰·托马斯（Dylan Thomas）曾经生活和写作的船屋。另外还有许多诗篇围绕他定居多年的圣塔菲展开，亲切的当地意象自然而然地融进他的诗歌主题：新墨西哥州常见的动植物，该地的居民、原住民及其历史，以至山川渠道、四季松柏，和森林里的大火。他的诗王国向来没有边界，可以从地下的菌丝蔓延至天上的银河。

中国古诗的印记如同织机上的纬线，时而隐晦时而清晰地穿插在这本诗集里，但施家彰的诗却遵循自己的方向，同时从当下生活的内部与外部汲取，抒情而利落的声音仿若和弦共振，又似光影低回，但本质上是一种美国式的表达。他不仅是陶渊明、李贺、李商隐的继承者，也是惠特曼、威廉·卡洛斯·威廉斯的继承人。罗盘上那些分隔的方位点代表着我们这个时代，亦是不朽的文学诉求：捡拾起这个丰满世界上散落的碎片，用心灵将之拼凑成一幅可辨识的地图。于是，在现代经验的旋涡之下，这些诗诚实地标记出了我们的位置。对于一般读者来说，施氏诗歌的复杂性和拒绝解读的阻力有时会挑战他们的神经，但却精准地反映出了21世纪并不那么容易理解和厘清的现实。

施家彰的诗歌艺术还裹挟另一层更为深广的含义。在无穷的粒子世界和周而复始的人性主题之间，有一种生命的战栗如同一股融洽的电流，它擦着火光，烛照四方。现实或意象所激发的隔阂与共鸣或许远离着十万八千里，又或许存在于下一个抬眸的刹那，蕴藏在思维转变的瞬间，脑中记忆之图景便不请自来。那丰厚的土壤承载思想与境遇、单独与多重的张力，释放出人类经验最为深沉的自白，顿悟就在门槛的另一边等候。毫无疑问，这是诗歌给予生命的核心答案，施家彰的后期写作征服了这一方领土，同时也拒绝效仿。他的诗在后现代遍布缝隙、模棱两可的景观里呼吸吐纳，诉诸那片内核摇摆不定，带有一种悬而未决丧失感的荒野。其想象力在混乱的边缘摩擦，同时向我们抛出一条坚固的救生索作为真实的见证，使我们避免失衡。

无论在哪个年代，最好的诗人总能召唤并揭示出不断于我们生命内外复活的基本需求与其潜在呼应，它超越我们自身。面对现代社会生活巨大的迷茫，施氏开阔的视野在裂痕上建立起一幅全景图，高明地化解了那些不协调的时间碎片，使我们恢复感受、记忆、理解以及存在的知觉。行云流水的句法穿插词语巧妙的乐感，仿佛一幅细腻织就的绣帷。而这一切仅仅通过语言纠缠的媒介达成，可谓一种成功。对于那些正在经历当下之撕裂和边缘化，但头脑依旧敏锐的读者来说，它提供的力量不亚于救赎。

乔治·欧康奈尔（George O'Connell）

目录

辑一：《玻璃星座》新诗选（2021）

Festina Lente / 003

沉睡者 / 006

平原水渠 / 008

火积云 / 012

雪盲 / 014

隐形星球 / 016

白果园 / 018

拖网船 / 021

黑色泡沫 / 023

开放水域 / 025

蒸腾作用 / 034

辑二：诗选（1970—2009）

* 选自《红移之网：诗选 1970—1998》

未济 / 039

声音的延迟 / 047

橄榄林 / 049

银的交易 / 051

他将带一朵白花来参加我的葬礼 / 052

金叶 / 053

目眩神迷 / 054

修饰痕 / 056

霜 / 057

香柏火 / 059

日冕 / 060

空词语 / 062

猫头鹰 / 064

丰饶角 / 065

时机 / 067

网络 / 069

野兽派 / 071

轴心 / 073

梦的层叶洋葱的层衣 / 076

排练 / 083

误食毒芹为香芹 / 085

底片 / 087

哇沙米 / 089

一万比一 / 091

致一位作曲家 / 093

鸿蒙初辟 / 095

小径上撒盐 / 097

叫不出名字的河流 / 099

红移之网 / 102

美西螈 / 115

叶子的形状 / 117

* 选自《结绳记事》（2005）

结绳记事 / 119

流金 / 133

X 与 O / 140

一个反射角等于一个入射角 / 142

* 选自《银杏之光》（2009）

蝶蛹 / 151

礼物 / 160

银杏之光 / 162

双螺旋 / 169

赤道 / 178

既济 / 180

辑三：罗盘玫瑰（2014）

黑耳鸢 / 191

写在新月之后 / 192

河坛上 / 194

大地的弧度 / 195

车窗边 / 204

罗盘玫瑰 / 205

浮雕上 / 220

自然光 / 221

无限之池水 / 229

平移断层 / 231

她从浴池中 / 233

热之迅即 / 234

昼夜平分点 / 242

结束一场亚洲之旅返回北新墨西哥 / 244

麝香绒 / 246

背光 / 248

一个气场分析师 / 250

碎纸花 / 251

光谱色 / 253

窗与镜 / 255

午夜的潜鸟 / 257

单刀直入 / 259

触觉的半径 / 261

草篮里 / 263

展开的中心 / 265

辑四：视线（2019）

地书 / 283

指针向北 / 292

没人预想 / 294

韦斯特伯恩街 / 295

云手 / 297

在布朗克斯区 / 299

开箱星球 / 301

一个男孩目睹了 / 303

遍历 / 304

辐射是 / 306

多普勒效应 / 308

牢不可破 / 310

捆在女人身上 / 312

蟒皮 / 313

地衣之歌 / 320

黑暗的中心 / 322

月升之时 / 324

光的回声 / 326

初雪 / 328

红荆 / 330

院落之火 / 331

白沙 / 333

盐之歌 / 335

钚的废弃物 / 337

弹开 / 338

一个研制钚弹芯的男人 / 351

转化 / 352

曙杉 / 354

省水花园 / 356

远方的挪威枫 / 358

视线 / 360

玻璃星座 / 363

译后记 / 379

辑一：《玻璃星座》新诗选（2021）

Festina Lente [1]

砰，砰，砰——

   我听见街对面敲钉子的声音忽然记起
我曾将手中的钢筋

      钉入一根柱子两侧对称的翅托；

   一夜风雨过后，
一只雏凤蝶从一枚紫花中饮蜜；

我从晨曦中啜饮，
   瞥见咬鹃在卵形叶间，

      彩虹巨嘴鸟停在枝上——

---

[1] "festina lente" 是一句从古希腊文衍生的拉丁谚语，字面意思是"匆忙之事慢慢来"，可译为"忙而不乱""欲速则不达"。——译注

一位邻居的门前，六个蜂鸟喂食器；

　　当我意欲谈论水渠和灌溉时间，

　　当一只棕煌蜂鸟在喂食器间冲刺采集，

黑颏蜂鸟嘤嘤扑扇

　　弹拨着他的词；

忽然间往昔光景如音叉震动——

我听从我潮汐般的吐纳

　　在日光的沙洲上

　　　　开始，*忙而不乱*，移动着，

随一圈圈同心圆向外扩展，涌出水面，

漫入生命的突触连接起一枚颤抖的树叶，

你发间我的手，我肩上

你的手，一个下午从西方聚集的

雷雨，

我们坐在世界狂暴之眼的崖边——

沉睡者

一只黑颏蜂鸟在一根金属线上

停落了大约五秒钟；

五秒钟，钢琴家收敛下颌

将双手抬至琴键；

一个男人在灌溉渠水

注入河流前蓄积的水池中洗澡；

汽车修理工拧开油塞，引擎油

排入水桶；五秒钟，

我闻到窗外飘来辣薄荷，

想起一枚野外的树叶曾划过你的皮肤；

触觉在视觉之前抵达；拥你在怀，

我想起，运河对面，男人们

在清晨第一缕光中把墨鱼卸到冰上；

先于第一缕光，那身体的碰触，

我们心脏的跳动，女性的雨

嗒嗒落在屋顶；蜂鸟

飞旋出视线，钟的齿轮

以多重速度啮合；我们听见

一系列行进的固定音型，我们的重量

没有系于大地之上。

平原水渠 ①

1.

"acequia"（水渠）一词源自阿拉伯语的"as–saquiya"（水管），指称从河流引水入农田的灌溉渠，以及与之相关联的水利会。

> 梨树开花——
>
> 西天边，钢铁大楼
>
> 于方山之上金光烁烁。

位于新墨西哥州圣塔菲的"平原水渠"长约一英里半，起始于尼克斯水库。在水坝底部，一个经过设计的出水口与水流监控可控制直径为四英寸的水管中每分钟至多一百五十加仑的流水量。水流沿山体奔下，最终汇入圣

---

① 诗题"平原水渠"原文为西班牙语"Acequia del Llano"，水渠名。——译注

塔菲河。十五户人家与两个机构同属这一间水利会，水渠可灌溉大约三十英亩的田地和果园。

> 水渠中，流水——
> 忽来一阵鹰羽之风。

2.

蓍草，一枝黄①，红葡萄酒杯仙人掌，樱核圆柏，花旗松，猩红钓钟柳——此地环境孕育了这些植物。还有一些濒危物种：西南柳鹟，黄嘴燕鸥，紫冠蜂鸟，美洲貂，白尾雷鸟。

> 转动手电筒
> 我回身望去，一只健硕的
> 雄鹿，离我三英尺远。

每值4月，全体人员，抑或其雇佣工人，必须到山上参加每年一度的春季水渠清理；参加者沿灌溉渠走完全长，用铁锹和剪枝刀清除渠内树枝、淤泥和其他障碍物。

———————————————

① 一枝黄（chamisa/rabbitbrush）是一种开金色小花的菊科灌木，常见于美国西部地区。——译注

> 树枝，松针，塑料袋
>
> 在月升之前清理一空——

3.

水利会由一位"mayordomo"主持，即水渠管理者，负责根据每位水权人的额定用水量监管水的分配。因为水渠位置高于一切水权人所持有的土地，于是水量便按着重力分流。

> 在渠底穿梭行走，
>
> 为了避开圆柱仙人掌，
>
> 我的头发刮在树枝上。

每年的灌溉季大约从 4 月 15 日持续至 10 月 15 日，每个星期四和星期日凌晨五点半，我起床，向山上行走四分之一英里抵达水渠，然后放下水闸。当水位上涨，水流会漫过一个过滤网沿着两根水管流到山下滋养草坪，紫丁香，树木，和果园。

> 山谷对面，十盏灯

从坡上的人家隐现。

4.

在那样的时辰，猎户座和其他一些星座清晰可辨。随着
时间向夏季推移，星座的位置慢慢挪转，到了 7 月 1 日，
我上山时已走在微明的光中。至 9 月中旬，我再次迎着
黑暗爬坡，沿路细听矮松和刺柏间郊狼与鹿的动静。

> 一支接一支，我们点燃
> 叶片上的蜡烛，任它们
> 顺流摇曳。

恒河全长 1569 英里。格兰德河长 1896 英里，它定期枯
竭，水满时源头上溯科罗拉多州南部的山脉，注入墨西
哥湾。圣塔菲河的水汇入格兰德河。"平原水渠"的水
汇入圣塔菲河。而从那水渠一百步的长度，我获取我们
的水量。

> 看啊，我从你手上拔出一根透明的
> 仙人掌棘刺。

火积云

牡丹幼苗从泥土中拔起；

在凌晨五点钟，走上山脊，

我观察到，四月里猎户座的左臂

位于天空的顶点，到了五月，

唯有金星贴着黎明的黯蓝天际

于山棱线上闪烁。

白天，梨树的白花

爆炸——没有黑足鼬

从我面前的小径上窜过，

没有鬼鸮在树枝间搅动。

凌晨三点钟，狗吠声此起彼伏

当黑熊从一根枝上折下

枯萎的苹果；此刻，我走出

这一池黑暗，看到火

如何以上升的火积云创造

它独有的季候。终于抵达

灌溉渠，我放下闸门：是时候

让山下的水管注满，

是时候让屋外的竹林

豪饮，是时候看见阳光

透过叶簇的缝隙跳耀

趁那午后灼人的锋芒还未降临。

雪盲

蜜环菌在黑暗中发光；

大汗淋漓，一个记者

从路边的炸弹中醒来；假如

一个面包店外的女人为你提供

清洗挡风玻璃服务，你给她

一些现金，这样就够了吗？

杨絮在风中打旋；

在麦德林，主人邀你

在他房内共进午餐；你呷饮着

香菜土豆汤，目光投向

敞开的门外封闭的院落，

那里有一棵芒果树和吊床

以及布满麻点的包容逃难者的
围墙。一只独角鲸将长牙

钻透冰层侵入空气；
气体呼出：雪盲：*何为生*，

何所往：在院子里，你听见
圆锯纵切木板的声音。

隐形星球

雪中徒步登山，我认出
一辆生锈的橘色汽车；

在冬季之巅，日光映现七月的
海市蜃楼—— 一个女人

以缓慢的太极旋动一个
隐形的星球；一朵天蓝色牵牛花

在篱笆上绽开；那看似
伸展的动作

蕴藏妥协或攻击
的棱角；篱笆背后，邻居们

喝啤酒，烤鸡，欢笑——

雪片坠落时，我猜测

它们的形状：*十二分支，*
星树状，三角晶体，冠

柱状——天花板的吊扇使我想起
我们曾在一间拉紧窗帘的

屋中——当我侧身下山，
一枚冠柱状雪花在我脸上融化。

白果园

超级月亮当空，你凝神望着白果园——

吹制玻璃的人将一团橙色发光物塑成一匹马——

你涉足一个过去的时空——

云母碎片亮晶晶混于抹灰的墙壁——

浣熊在月光下的土坯墙头漫步——

池中游泳，我们看见棉白杨倒映在水上——

哐啷：一只鹿跃过了大门——

每十五分钟便有一头大象因为象牙被猎杀——

你从这张落雪的纸面认出一只漂白的无耳蜥蜴——

茄子皮在花园里闪闪发亮——

臭鼬蹂躏了玉米田，而我们的光明时刻将永不遭受
　蹂躏——

运河边过夜，你听见拍击的水浪——

黎明时分，水浪在拍击，男人们吵嚷着卸下扇贝鱼
　虾——

没有猎枪声——

你留心察看百年苹果树的枝干——

打开门，我们发现红艳明黄的玫瑰花瓣撒在床
　上——

然后是光年——

月亮升起时你能看到果园更远处的梨树枝——

树枝被这张白纸上的积雪压弯——

拖网船

伴随第一缕光，一只鸟反复粗粝的啼叫——

你眯起眼睛看大海，远方的

海平线比天空更暗，分割

起伏的天际；一艘白色拖网船

沿着海岸徐徐移动，往日时光

如白色光斑闪现——你曾在

身后打来的浪中颠簸

它越过你冲向基拉韦亚海滩[①]；一朵蘑菇

从棕榈树下钻出，开启

凸圆的菌盖：菌盖展平向空气中

释放孢子——甜蜜的浪

---

① 基拉韦亚海滩（Kilauea beach）位于夏威夷考艾岛（Kauai）
的北海岸。——译注

在你和她体内冲刷；

曦光中，于户外淋浴，
墙壁上摇荡棕榈叶影，
树上一朵孤零零的缅栀——

无论你身在何处，月亮的
拉力，海浪永恒的
进退，永恒的沿着海岸线进退。

黑色泡沫 [1]

VERGE [2]:

她以手工排版并热爱那字母之间

的空隙那词语之间的空隙

因它由铸成字母的同一金属构成：

开 放 水 域：

站在马雷贡大道 [3] 上，我凝望水天之间起伏的边界，

凝望白色泡沫在脚下撞碎；

现在，光脚踩在橡木地板上，

---

① 题目"黑色泡沫"原文为"blackcap"，是作者发明的一个
　词，意在与诗中出现的"白色泡沫"（whitecap）做对比，暗
　喻打字机的黑色油墨，亦可理解为黑色之于白纸，即声音之
　于寂静。——译注
② "VERGE"组合起来为"边缘"之意。——译注
③ 马雷贡大道（Malecón），古巴哈瓦那一条长达八公里的海滨
　大道。——译注

我期待透过玻璃窗格
看见雄鹿走进月光下的果园，

那里的枝头悬挂着秋天，如同烟熏威士忌，
然而，且慢：

如要抵达每一个词语中每一个字母上
升起的金属般的宁静，

如要这语言撞击出黑色泡沫，
我必须保持沉静并借助

那打破寂静的海浪，
狗儿朝一切跨越篱笆之物吠叫。

开放水域

1.

桃子在枝梢转红；黑暗中，

我放下灌溉渠的闸门——有个女人

每月横穿哈瓦那湾前来，凝视

开阔的水域，召唤她的母亲——

我闻到花园里

血红的草莓；驻足绿漆剥落的水箱前

我侧耳聆听：一束黄光投射在邻居

八角形的窗上；天色渐明，猎户座趋于黯淡——

我只不过是一颗漫游的尘埃

徘徊着，脏污着，颠踬着，书写着——
有人打开车门偷取 25 美分硬币——

峡谷对面，两户人家灯影绰绰；

我站在一个陡坡上，谛视
逐渐充盈的月亮——大爆炸

一直在场——我闩住绿铁门

走过空荡荡的马厩，闻到你睡梦中翻身时
脖子的气息；

日光已照亮露台的廊柱；

我拉开玻璃门坐在桌边，
光在木地板上汇成一池。

2.

黑蝴蝶举平双翼——

坐在一辆巴士的金属座位上，我发现司机头顶的金
　　属板已经锈蚀，点点日光川流而过——

两艘驱逐舰停泊近海——

他在脚手架上用油漆滚把大楼刷成大海的蓝——

默剧演员头戴银帽，身穿银衣——银色的手和
　　脸——在餐馆里尺蠖移动——

站在树荫下抬头凝望一棵布满瘤刺的吉贝木棉树的
　　枝叶——

一个扫街人背井离乡创立了连锁餐馆——

两个男人推着屠猪骨架从门口穿过——

歌手晃着沙槌随音乐摇摆——

3.

俄罗斯鼠尾草诱惑着空气——

壁炉架上烛火跳动

芬芳升起——

我竟然站在这山脊上注视天边低垂的金星——

一只黑熊掀翻车库里的垃圾桶

吃掉了剩余的

墨西哥鸡肉卷——

士兵们牵着狗在机场大厅穿行——

我在你胸脯上涂油——

在旧德里，敞口的筐子装着番红花，小豆蔻，

生姜，宝鼎香——

一张告示提醒恐怖袭击随时发生——

我草草记下所想以便即使在黑暗中

将之忘却

亦可在天明时失而复得——

舞者们戴着约鲁巴[①]面具登场了——

我尝到你脖子上盐的味道——

竟然全世界的河流都汇入大海——

竟然我还活着听见旋转的洒水器把水喷向草地——

竟然我们的身体哼唱着日复一日——

俄罗斯鼠尾草从黑暗中显形——

4.

八月的太阳，罗勒的结籽期——

一个默剧演员扮成建筑工人

---

① 约鲁巴（Yoruba），西非主要民族之一。——译注

涂着金色的皮肤，戴金色护目镜，头盔，

拿金色长柄锤，站在石砖马路

荫凉的一边；当你把零钱

投进箱子，他微笑鞠躬——

一个女人送你一本诗集；

当你读到*贫穷之地*

你面生愠色：如果思想闪耀火花

便没有不毛之地；否则，撒哈拉沙漠的丘陵

将绵亘不止；太阳落山，

凉爽的沙棱在星空下延展——

而思想结籽时，骆驼出没于沙丘

载你去往一片绿洲，

你将在那里饮用死藤水 ① ：一夜未眠过后，

---

① 死藤水（ayahuasca），饮用后可致幻，被南美洲亚马孙原住
民广泛用于宗教仪式。——译注

守夜礼的引领者戴上美洲豹的面具

变身为美洲豹，
你举起双手，它们闪耀蝴蝶的火花。

5.

歌手晃着沙槌随音乐摇摆——

街边，一个黑人推着挂架上一串串洋葱悬摆的手推
　　车唱诵着"卖洋葱啦"——

一个女孩露出银色的脸和手，穿银色的衬衫裙裾，
　　手捧一束银色的花——

一辆 1953 年的紫色雪佛兰擦得熠熠发光与一台天
　　蓝色庞蒂克 ① 并排停靠——

院子里，观峰玉开花——

─────────────

① 雪佛兰（Chevy），庞蒂克（Pontiac），均为美国通用汽车公
　　司旗下的汽车品牌，因古巴在 1959 年之后禁运美国汽车与
　　零件，导致老牌汽车翻新作业普遍流行。——译注

辑一：《玻璃星座》新诗选（2021）

他母亲的父亲曾拥有一片甘蔗园但在他母亲嫁给
　　一个黑白混血扫街人之后剥夺了她的财产继承
　　权——

坐在巴士烤箱中——

默剧演员身穿深海潜水衣，头盔在手，一步步登上
　　楼梯——

黑蝴蝶敛翼——

6.

树干上分布密集的瘤刺——
我想起鸣角鸮在木桩上歇息
被紫藤的茂叶荫蔽——
落雪的院子阒寂无声，
森林大火的余烬
飘坠屋顶，冬季的星空
在一天之内转为夏日的朗照。
我看见藤架间的眼型吊钩上

竖直别着一根老鹰的拨风羽，

红色与橙色的九重葛

从陶盆向上交缠探索

压向天花板和玻璃门；

两次我踩到碱蚀的地板

脚上扎了刺。我感知到缺席的

在场与在场的缺席：

当五月的轻雪落在走道上

旋即消融，当激浪翻涌

席卷过广场和林荫大道①。

---

① 2018 年 12 月，古巴受海啸袭击，海浪淹过哈瓦那的马雷贡筑堤，淹进市区的商场和街道。海浪在此也作为一种象征。——译注

蒸腾作用

后院的李树枝萌发新叶——

冰盖融化时分叉的水流——

当你走近喋喋不休的喜鹊——

丁香树探向路边，枝头的紫花颤巍巍——

正午的阳光迷蒙了青草——

你顺势进入夏日的波动——

矮松气味在壁炉中毕剥作响——

萨克斯风的蓝调音符隐入空气——

不是沙漏中沙子在逃逸而是我们的身体在点燃——

以水蒸气的形式从一个生命体中挥发——

这橘色太阳与野火烟雾的世界——

这铁屑向南北极拉伸的世界——

你低头系鞋带时水银迅速流动——

当你站起身，两眼如井水充盈——

你是否曾以最大的谨慎生活？——

你是否曾像树叶的边缘那样表达情感？——

请把你的呼吸调至草木季节性的节奏——

一边凝视盐滩上的湖水，一边啜饮一道银河的倒
    影——

辑二··诗选（1970—2009）

未济 ①

1.

我透过望远镜观察猎户座大星云，

一团蓝色蒸汽笼罩一串白亮的星星，

观察武仙座小球状的星串，

那针尖的光芒川流到我眼中。

一个女人将一个婴儿裹在塑料袋里

丢进垃圾箱；有人

停车时听见哭声将他解救。

是小写的 o 吗，这地球？

日暮时分鹿儿嚼着苹果花；

一条绿蛇滑入流动的水渠。

夜晚充溢浮荡的花粉；

在清晨，我们翻开泥土

---

① "未济"为《周易》六十四卦最后一卦。——译注

准备播种玉米。棉花花粉化石

在一个六千英尺高的遗址被发现。

如同"易"字，变化，源自

变色龙的皮肤，我们

正存在于世界的皮肤之上

最短暂的色彩之中。我遥望阔边帽星系

它介于乌鸦座和角宿一之间：在一个没有月亮的

　　夜晚，

我的影子借星光投出。

2.

哪里是物质的终结空间的开始？

蓝松鸦在啄食板油；

揉皱三团报纸

用布胶带裹缠了练习抛接；

玉米的抽穗期；

光因重力弯曲；

"我们快要死了";

串起一条珊瑚项链;

他在屠夫纸上写方程式;

见光消失;

啜泣;

她折了五百只纸鹤放入篮筐;

他们画一颗贝壳代表零;

红柿子;

追上光速是什么感觉?

他得到一个未济卦:
六蕴于三,九蕴于六。

3.

白脸朱鹭摇曳的剪影

在格兰德河上空游弋，消失。

通灵人说，"去当铺找找

那枚失踪的戒指。"失去，一个黑洞。

那一系列失误并非

你的本意，但你发现每错一次

就留下一只空茧。织工把手电筒电池

倒进红色染缸。

物理学家说，"二十年过去，

一切都与我的想象相异。"

你还记得目睹一只黄黑

相间的毛虫在罐子里

形成一只蝶蛹：那蝶蛹的颜色

逐日变浅直至透明：

一只帝王斑蝶破茧而出翕动着翅膀。

你惊讶于寻回丧失的记忆：

好似河面的冰层破裂，

空气平静而清朗。

4.

北京，1985：一个诗人写下

陪伴一个玻璃眼球的女孩放猪

证实了梦境与转变的力量。而后

在流亡的途中，他用斧头杀妻并上吊自尽。

记忆的转变是否

卦象之变更？

一朵倚着篱笆绽放的红罂粟

是否代表时间的延续，抑或

一个接受放疗的女人

在床上舒展开来稍做休息

突然意识到她正向着死亡舒展？

我在夜间聆听你的呼吸，

猜想你手臂上的雀斑，

嗅闻你泻于颈后的头发。

虎皮百合在露台上结出蓓蕾；

白萝卜在花园的深土中苗长。

我看见一个张皇失措的问路人，

挖白萝卜的人用手中一根白萝卜指路。

5.

他得到一个恒卦；

太阳黑子；

追上光速是什么感觉？

一根崩溃的椎骨；

蓝蜻蜓闭合的翅膀；

收到一张传真；

水上飞机簸荡在岛屿之间；

游隼打开双翼慢慢画着圆；

他把纸张揉皱成一团团扔到地当中，

称之为"流浪者之城";

极轴校正;

吸入她头发的芳香;

砂岩壁上一个红手印;

挖取人参;

梳理羊毛;

哪里是物质的终结空间的开始?

6.

滑雪谷采蘑菇,我忽而发现
冷杉树下一枚鲜红而拔立的鹅膏菌,
忽而一枚白菌褶的骑士菇,
当我注意到松动裂开的土,小心翼翼
挖出一簇金黄的鸡油菇。我驻足
凝望一块空地上的黄光。

当悲痛开始瓦解而思想逐渐厘清，

逆时针与顺时针的捻线相互抵消。

老鹳草叶下一只沉睡的蜘蛛

一只脚挂在丝网的半径上，

清凉的夜晚催促旱金莲开花。

一只茄子色泽愈发深沉终于掉落在地。

黄色斑驳的尘埃在空地间游荡；

记忆，一系列平行空间。

逆时针燃烧的棉线

暴露出顺时针的线股，

思维在光潮中裹缠，拆解，

红柿子在光秃秃的树上成熟。

声音的延迟

他光亮的双唇
动作滞后
比词语
慢一拍。
头顶上，乌云
在空中
踌躇，
又继续游走。
而在真实的天空
它们无处
可去。

气温降至零点。
我再次望向镜中
的自己。
树的黑色脉络

在窗外

颤抖。

至少，它们的歌

属于我，然而

我心不在焉。

我伸手

穿过玻璃

探入世界的呼吸。

橄榄林

山坡上

晨间月亮澄净如洗。

瘦弱的狗儿不再

如日光下欢跃，

我迈开脚步，轻松走上山路。

看门人在摇椅中

打鼾，

只有风

推动着他。

现在我穿过院落

犹记得他的双眼。

树叶泛拂

必然的灰色。

我用一只手

从白格架上摘橄榄。

它们厚实的外皮

在月光中濯洗。

银的交易

你要把银子锤进一颗心，

狗群蹿跳，吠叫。

没人能够阻止，当你

还未体会到身体缓慢的衰朽，

耳环亦是你冶炼的原料。

把我的脊柱钉在木上。我活不下去。

风在寥廓的天空下

抽打阳光，把它鞭进石头。

我将几枚恒星串成一个王冠

抛掷在山后。

他将带一朵白花来参加我的葬礼

他将带一朵白花来参加我的葬礼

并将花瓣纷杂撒上我的礼服。

然后转身，走下长长的走廊，抬起

他的手肘，携同他隐形的新娘。

哦，哪怕他陪我到菜市场

挑选晚餐的水果青菜，

他依然是个山中隐士，欣赏

绿石头上的水和阳光。

他的手掌从起落中提取，重塑

山脊，河湾做成女人的大腿。

当他即将告别，我知道他眼中的水

已溅落多个世纪。

金叶

我们可否称太阳为矿工，窃贼，赌徒，
一个刺客？可否认为世界

是一片自旋的金叶静静落向
清澈的水面？鹿在蓝色叶簇间观察我们。

阳光照在六月的河上。我们蹒跚着
从喜悦到悲痛再到喜悦，是否如同

过路的影子？我们这些称太阳为矿工，
窃贼，赌徒，和刺客的人，

发现世界是一片自旋的金叶
静静落向清澈的水面。

目眩神迷

现实

好似一场当代弦乐

四重奏：

第一小提琴戴上了乌鸦的脑袋。

大提琴

献上一段雨中白莲

的独白。

中提琴探讨

爱与愤怒与恐惧。

第二小提琴报道阿富汗

最近一次政变。

瞪羚跳跃着

十月的光。

我目眩神迷。

修饰痕

用复古的褐色，我勾画出一张脸，一双手，
一条河，鹰。当我读到你的信，
静默一阵阵涌来，缓缓的

视角转换着，情感移位，
我的湿壁画——它一边画一边消失。
修饰痕揭示那原本的

褐色线条，以及一切变化：
左手陷在黑暗中，脸被抹除，
光在减弱，右手

指向一条蓝色的河——乔托的蓝，一只蓝鹰，
片刻的优雅。

霜

仔细看，每一块窗玻璃上
霜刻的涡旋图案是如此不同。

仔细看那一层霜釉如何在阳光下
瓦解。无法磨灭的：一枚蕨类植物的化石，

一条腔棘鱼，一个无家可归的人
翻弄着口袋，掏出几颗

苹果心。仔细看太阳缓缓升起时
光的角度多么奇特。

为什么直升机的螺旋桨还没有呼呼开动？
逃犯还没有被全城搜捕？

对光照和融水保持惊奇。

活着即喜悦。

香柏火

我心中燃烧着香柏木。

你谈论祖母绿，古柯碱，指甲花刺青。

你是细雨打在桉树间的幽香

穿过银亮亮的叶片。

夜里，我们观看昴宿星团。

我想起普耶洞窟岩壁上

雕刻的羚羊：那雕刻或许发生在

七百年前。而现在，我们伸手向昴宿。

两个星期，七百年，

香柏木在我心中燃烧。

日冕

刀刃上的

白日，闪烁不定的夜。

小孩子望着日光在绿叶间游移。

全世界朦胧地跳动。

烟从烟囱口飘出，

兜转着，在风中拆解。

我体内也有什么也在拆解，经过一场漫长的沉思。

我的意识突然亮了：

像被困在一次日食里的太阳和月亮，

骤然烧起一圈光晕。

一场汽油和布条

引发的火

让我们不再听凭理所当然。

正是那没有预告的

自燃的爱

唤醒我们的感受

如同美洲豹走近一只正在分娩的母鹿，

决定要驻足或是离开。

空词语

他用双手描述鹰的羽翼。

他比画着一条山路上的松叶

在阳光里沙沙作响，绿水的滋味

和在山谷放羊时，一具马骨白晃晃的

刺目，紫蓟长在红土上，

疯草开花了。

我的思绪如风滚草在风中

翻滚，狠狠撞上汽车挡风玻璃

但继续翻滚，翻滚，直至所剩无物。

我坐在阳光里，阖上双眼：

思绪空空，两手空空。我是一只

巨角猫头鹰在没有月亮的夜晚狩猎。

而这个聋哑的印第安人好像一个塞尔维亚人

置身 24 小时无休的卡车驿站，

一只黄色沙丘鹤在阿布奎基^①迷了路。

我看见红色的旱金莲被一场雹暴

摧残。我看见山谷里躺着

白晃晃的马骨。我望着他的双手，

空空的手，和词语，空词语。

---

① 阿布奎基（Albuquerque）是美国新墨西哥州人口最多的一座城市。——译注

猫头鹰

那条路在薄暮中是幽幽的紫。
我看见一只猫头鹰，安然
栖在一根枝上。

它忽然抖动一下，有薄尘
从羽翼间坠落。我
静止的身体感受到了

猫头鹰的震颤。当我在黎明时醒来，
那条路是茵茵的绿
五月的光。

丰饶角 [1]

葡萄在一片难以耕作的坡地上

生长。一排柔和的白杨

翻动着即将消失的光。

午夜，穷人

迁进意大利的火车站，

为孩子们铺开毛毯，

向巡警佯装买了车票

正在候车。

而巴克斯 [2] 的雕像引人注目，

他右手举起一盏浅杯但

葡萄酒溢流不止。左手

---

① 丰饶角（cornucopia），希腊神话中象征丰裕的山羊角，由母
　山羊阿玛尔忒亚（Amalthea）折断的一只角化来，宙斯赋予
　它源源不断生出愿望之物的神力。——译注
② 巴克斯（Bacchus）是罗马神话中的酒神，对应希腊神话中
　的狄奥尼索斯（Dionysus）。——译注

轻松伸进丰饶角，

它盛载的葡萄圆熟欲裂。

多么生动的梦：惊醒

从那雕像的优雅旺盛

到受难的街头。

事实上，丰饶角

为所有活着的人打开，

他们以上古之美观看

并感受这个世界——当一只蜻蜓

悬浮在阳光之下

于清水之上；他们能触摸到

世界的光——当绿色浮游生物

在夜的海中漂移。

时机

幽蓝群山嵌于冰的蚀刻。

我追随消逝之光开车向南。

车灯在前方引路

并从我眼前霍然崖断。

我已年近三十，距离比我预想的

更近了吗？思维

以光速行驶。但有多少人

有铁木一样的热情，坚固，再坚固？

如那半途而废的音乐家成为保险推销员，

把一生抵押给一张保单；

如那魔术师把自己锁进一只箱子

投入大海，

却发现他无法挣脱自身的锁链。

我要一种热情，它生长，再生长。

要感受，思考，行动，让行为、思想、情感

勾勒出我。

像手骨透过 X 光片，

我要那分明的白光击退

黑暗模糊不清的边界：

黑暗前后裹挟

但我们依然拥有一个短暂的

发光的时机。

网络

1861 年，乔治·丘 [①] 扬帆起程

从中国珠江

横越太平洋行至三藩市。

他独自航行。收藏于博物馆的

他的照片莫名消失。然而从脑海的印象，

他激烈，生动，活脱脱。这一桩事实

不过万千事实中的

一桩，一个真相网罗于

真相的大网。一枚红叶

从枝端熄火，

揭示出扩散的脉络中

惊人的丰厚与繁复。我们生活在

如斯之网：世界晦暗，

[①]　诗中关于乔治·丘（George Hew）的逸事收录于美国作家斯坦·施泰纳（Stan Steiner）的著书 *FUSANG: The Chinese Who Built America*。——译注

半透明，抑或突然明快，
颤动起来。空气开始生动地
哼唱。言辞的速度远逊于思想。
思想的言辞太快，它冲破
音障，粉碎玻璃。

野兽派

哑哑，哑哑哑。

要理解一只乌鸦

你必须拥有乌鸦的思维。

要成为夜雨，

成为暗叶上的流银，

你必须投身

光辉和潮湿。一些人

随波逐流：

绿金色的浮游生物，

大海上的磷光。

另一些人出击：一把刀

在黄色遮光帘上

割出一道光明。

要挖掘生命的深度

你必须感受愤怒的血液

像大河奔湍，

感受爱与恨
如同麻绳的纤维，
你必须染上一只狼
的气味，成为狂野。

轴心

我从广播上听到安纳斯塔西奥·索摩查①
已经逃离尼加拉瓜，抵达佛罗里达，

此后将继续他的巡回流亡之旅。
而这个国家的研究员与此同时

在潜心分析木卫一的火山活动，
或钻研海马不规则的

呼吸特征，试图从中发现生命
的起源。事实上，我们所知甚少，

但总是迫不及待去破译，让事实

---

① 安纳斯塔西奥·索摩查（Anastasio Somoza）指安纳斯塔西奥·索摩查·德瓦伊莱（Anastasio Somoza Debayle），尼加拉瓜索摩查家族统治时期（1936—1979）最后一任独裁者。——译注

符合我们的设想。比如，索摩查家族

独裁统治最后的陷落
让我不禁思考事物的发展

是否是辩证的。抑或我们相信
某种模式在背后支撑？近年的历史

还不够明确吗：独裁政权
被一场热烈的革命推翻，继之以

复兴的独裁和变本加厉的
压迫，再由另一场暴动终结？

我想谈谈那些彼此依赖
又彼此定义的对立物：比方说一次

交谈，你能感受到对话中的静默
或静默中的叙说。又好比

对位法，当两条旋律线交叠
共鸣，你能感受到沙漠中藏有大海，

或身与心无法

分割。然后你开始怀疑日与夜

是否真的对立。你向一个

旋转中的陀螺仪施力，

世界的方向不再唯一，

而变为无穷。

梦的层叶洋葱的层衣

1.

红栎树的叶子在风中摩挲。
在梦中，你梦见片片树叶
散落土上，你知道
这是你命中巧合的

布局。一整夜有红色的马
在你血液中疾驰，
你听到一声尖锐的警报，突然
与这费解的世界相爱。你走向

你的车子，发现危险警示灯
闪烁不停：你找到一把生锈的刀，一条鳟鱼，
你手上握着砸烂的小提琴。
你醒来时依然在梦里，

看见橘子无声地成熟。

你剥开梦的层叶

就像剥开洋葱的表皮。

梦的层衣没有果心，

没有实质。你在自己身上

找到一只红蝎子文身。

你只是笑了一下，在霜冻中打颤，

然后转身走回这世界。

2.

一只加拉巴哥象龟

与微中子的世界毫无关联。

加拉巴哥群岛的生态

与一把剪刀毫无关联。

窗边一盆仙人掌

与轮子的发明毫无关联。

望远镜的发明

与一头红色美洲豹毫无关联。

不。剪刀的发明

与望远镜的发明息息相关。

一张世界地图

与一盆窗边的仙人掌息息相关。

夸克的世界

与夜间逡巡的美洲豹息息相关。

一个人舍弃自我面对坦克车

投出一枚燃烧瓶

与一棵弓身向阳的葵花息息相关。

3.

打开窗户碰一碰阳光，

或摸一摸被雨水淋湿的泛闪的枫叶。

透过清水看蓝蟹仓皇游走，

或在沙土里掘出一只掩埋的海星。

向色盲者描述绿色，

或用痛苦修葺一座房屋。

世界永远始料未及。

拿松树来说，墨绿，接受光的斧凿，

风的蚀刻，从一座岛屿

坐望入海口的冲潮。

请向一位眼盲的塔拉乌马拉 [1] 白化病人

描述那一千枚针叶尖顶的虹彩。

气泡室里，磁场中，

一粒电子向中心画着螺旋，

但世界远远超过这单纯的舞蹈：

螺旋向内一切回到起源，

螺旋向外构成一片

潮湿的叶子，一只蓝蟹，一座绿房子。

4.

热浪荡漾着仙人掌。

停车场碾碎的绿玻璃

和一堆犀牛骨

同样释放热量，你或许无缘察觉。

一颗恒星的热可依照

光谱分类，但思维的热

不可，吴哥窟的热亦不可。

---

① 塔拉乌马拉人（Tarahumara）为北美原住民群体之一。
　　——译注

但吴哥窟的瓦砾

散发热；夜晚开放的杏花
也是如此，还有绿鱼，黑竹，
雪中垂钓的渔人。
一埃米的差距可将愉悦

转化为痛苦。那夺走你指纹的冰
同样具有热量；
我们每一刻的生存亦不例外。
一枚鲜红的叶在泥土中瓦解，

热量媲美乙炔的火焰。
而那土坯房的铁皮屋顶
波动的热气
正如你亲眼所见。

5.

一把瓜奈里小提琴的秘密是什么？
从靛青色染缸里捞起来的羊毛
遇空气氧化后更加靛蓝。世人

对马拉的看法已今非昔比。

豪饮一杯龙舌兰关乎南极洲

的萎缩。酒吧里一只乌鸦和冰上一条笛鲷

关乎十二音列

作曲法。为一架定音鼓调音

会否波及你头发的气味？

三十岁，你深知你已行之至此——

你看到门上方的铃铛即一扇门

上方的铃铛，你充分体会到

这把小提琴的关照和精确，还有那

维持你热情的诚挚和战栗。

6.

压碎一个苹果，压碎一种可能性。

世界无法被单一秩序描述；

于是有乐趣

生于混乱，生于思维的跳跃。

一个人瘫倒在律师的办公桌前

是一条被海草围困的鹦哥鱼。

一个在吧台边攀谈的人

是一只叼着香烟的扁鲹。

一个失业木匠的欲望以及欲望的毁灭

是否一尾鲑鱼溯流而上的本能？

桉树的气味会否收编为

攻击理论的一种？

一张全像术形成的干扰图形

可以复制一个苹果，一把刀，桌上的一盆木贼，

它滤掉了视觉的混乱，聚焦

也是一种扭曲。那么请

触摸，发光，跳舞，歌唱，在，成为，在。

排练

木琴，三角铁，马林巴，女高音，小提琴——
音乐家们使用计时器，以声音
绘制农场上三条溪流的聚谈，

但听起来像午夜的丛林。
困在暴风雪中被一圈圈接近的
狼群围堵，你或许会记起

某个温暖的春夜金合欢的味道。
记起三只受惊的鹿
顿足在一座黑峡谷的路边。

一个一心想放纵一次的孩子放纵了一次，
证明他心智健全。假如你被欲望折磨
或感到恐惧：痛吧，害怕吧，歇斯底里，

走进一片红树林仔细听：

听一枚松果落入一潭池水。

你此刻生命的意义为何？在攥紧

拳头或松手之际，

音乐家们已停当。然而生命

只有在欲望不再可能之时停止。

误食毒芹为香芹

误食毒芹为香芹

两小时后

我在医院咽了气；

又或者我在火钵上翻转着土耳其烤肉，

突然晃了两晃，瘫倒

在地，死于主动脉剥离。

而后你将一穗蓝玉米

放进我的左手，

系一根火鸡羽

在我的右踝。

我听见棺材被钉死，

听见黄额丝雀在寂静中歌唱。

我漂流于静谧的水面，

感到一阵圆融，

感到宇宙的重力

减缓一切事物的速度

退向一个中心。

于是，星辰有橄榄的味道，

太阳化为渡鸦黑翅上的光泽。

我醒了，我欢喜我爱，感受

构成我的每一次激情，

变化自如，更加智慧和坚韧。

我想要活着活着活着活着。

底片

一个街上的拉煤工永远地凝定了。

庙宇中，黑暗

代替光明涌入慢速快门。

我看见一只耗子窜过街角，一个男人举起一把椅子
  想要砸死它，

看见午夜的人们睡在武汉街头的竹床上，

一只死猪漂浮着，鼓胀在河面。

我看见照片中一个微笑的儿子，他两年前坠崖而死
但他的照片摆在公寓的每个房间。

我遇见一个小时候得过天花的女人，她被母亲抛弃
但现在与两女一儿外加一个女婿同住；

他们分居三室共享一台彩色电视机。
我看见一个穿蓝工作服的男人，他的农民父亲

早年加入组织但在那动荡的岁月
因为高级官阶变成被指认的目标。

我看见一个曾试图用针灸针自杀的女人
她意外刺到一个关键穴位治好了多年的哮喘。

一位中国诗人主张东西方最根本的差异
在于东方人不相信自己可以掌控命运

而是向命运屈服。
如同底片颠倒光与暗

这些词是个体悲剧隐喻的松散记事，
是卤化银的感光剂，

是欢笑声从地下防空洞改造的电影院传出，
是颐和园里的恋人。

哇沙米 [1]

奎宁之于金鸡纳树

是否疼痛之于神经？不，

是否臭氧层破洞之于一座城市？不，

如同一段 DNA 双螺旋，

纯粹的意图

通向失败的尝试。

圆锯的嗡鸣

通向记忆中

碎裂的锯末的焦味。

而红花月桃的香气

之于一本植物图鉴是否

---

[1]　哇沙米（wasabi），山葵的音译，常被误称为芥末。——译注

一张蓝图之于走出暴烈的日光

踏入雍和宫清凉的石砖？
象棋的思维，
围棋的思维：此刻

目的并非战胜，
而在于品尝——如同华道①
之于春天的樱花——哇沙米。

---

① 华道（ikebana）亦称花道，日本传统插花艺术。——译注

一万比一

腓尼基人保存着一个秘方

需得一万只骨螺

能制成一盎司骨螺紫。

用无线电波扫描毕宿五[①]的表面；

青金石

研磨成群青。

在夏日的夜空寻找阿那萨吉人[②]的火鸡星座；

藻类在电子显微镜下

像一个麦哲伦星系。

一位化学家尝试把苯转化为奎宁

---

① 毕宿五（Aldebaran），距离太阳约 65 光年的红巨星，金牛
　座中最亮的恒星。——译注
② 阿那萨吉人（Anasazi），或称古普韦布洛人（Ancestral Puebloans），
　形成了北美西南地区古代印第安文化。——译注

却不小心发现了

龙胆紫。

你是否目睹过蛆虫爬满一只死老鼠?

倾听一只红尾鸳

划过肃静的云杉

和峡谷里的松林。感受一滴水

沿一枚松针滚下，熠熠发光

悬在那针尖。

致一位作曲家

红椅子，蓝椅子，白椅子，大椅子，椅子。

不，这并非一颗熟透的

红柿子的味道，

亦非站在纽约十二月的街头吸入中东烤肉的烟火味。

琴键上扬起的不和谐音

化作一只站在笼子顶的金刚鹦鹉。

一只翠绿的亚马孙鹦鹉带着金黄的翼尖

落在你肩上。

背景中大喇叭的哼唱

让周遭变得潮湿。

你打开门，意想不到地走进

一座鸟园，

吃惊地走上红木板俯瞰大幅叶片的热带植物，

一只红喙巨嘴鸟鼓翼掠过。

脏污的碗盘堆在水槽里，

咖啡渣堵住了下水管。

那又何妨呢如果水暖工在倒硫酸时

瞟了你一眼

而你正从冰箱拖出一只火鸡形巧克力果冻？

这并非 5：14 在削尖一支铅笔

但请深吸一口气感受空气的溪流从尺八灌出

成为一种生活方式。

鸿蒙初辟

画家用一幅静物画暗示

一天当中的时刻：下午的阳光几何切割一把刀，

柠檬，绿酒瓶中还有些红酒。

我们是否永远尚未完工？

我们想要 x 得到 x 想要 y 得到 y 想要 z？

我揣摩一片切好的柠檬

它闪亮的鸿蒙初辟。我想要把

泥中掺石子和饥饿联系起来。

"吃吧"，一个阿富汗人说着

指向打开的后备厢里那些发烂的苹果。

我看见男人们排成一列跳起云之舞；

两个女人分守两端踩着繁复的

闪电步伐。我的失误与失败

从未停止脉动即便在欢乐的时刻。

但我想要那明亮的时刻如甘美兰锣

震荡回响。我想要把

我们繁复密铺的生命变作

镶满玉石，黑曜石，绿松石，乌木，青金石的地面。

小径上撒盐

望着你在小径上撒盐，
我看见鲍鱼潜水员指向太阳
又讨论了海浪，然后把装备

扔回车内。望着你
从岩石上集取大片盐块，
闻着新切的姜和新鲜的

红虾在火上烤。啊，
一颗星星的光永不停歇，只是沿着
不断膨胀的宇宙边缘行进。

一块瑞士金表嘀嘀嗒嗒；
当那声音不再走动，
它变成你掌中的透明。

你看见金色分明的齿轮

尖利的小牙彼此咬着

一圈圈旋转。

这时盐已经清出雪中一条路，

拓宽了宇宙的边界。

叫不出名字的河流

1.

它是否存在于煤矿工人无烟煤般的脸上，
是否在炼钢工的脉管和肺叶中
结晶，是否为火车司炉工脏污的手上附着的尘屑？
它是否存在于一个孩童对一颗星星的命名，存在于
冲刷上岸的椰子，格兰德河沿岸火山的休眠？

即使你游历尼罗河四千英里
溯其源头依然寻不到它。
即使你翻越喜马拉雅五座高峰
依然认不出它。
你透过超大望远镜注目凝视
却怎么也看不到。

但它就在你肺部的毛细血管里

在你切开的两片柠檬之间。

在恒河岸边火葬的尸骨中，

是雨水从香蕉叶上溅落。

或许只有濒临死亡

你才渴望它。只有独自一人

走入丛林唯一根长矛护身

你才确凿地看见它。或许你必须

染上肺炎才会感受到它的压迫。

然而它存在于时钟上指针的剪切。

存在于一只陀螺旋进的姿态

当力矩施加于转轴绘出锥形轨迹：

旋转的圆锥顶点凝聚起

过去，现在，未来。

2.

一个粗简的理论声称，你看见的苹果

仅是那真实苹果的拷贝，

但有谁能从自己的肉身分离去比较两者？

有谁能从生命分离并确信

银河在自己的掌间流动？

一只未采摘的苹果腐烂在枝头；

这是我们认识的全部。

它变黑，僵硬，像尸体在恒河上漂流。

那么去吧，标示出地图上三千英里的长江；

走过它的每一寸，感受江水的涌动

和暗流如同你身体里的涌动和暗流。

一个运动的陀螺旋转的锥尖

即一种存在形式，把生死循环收束为一。

它与词语同在，又超出词语——

河流河流河流，河流河流。

矿工或许未在他身上察觉。

炼钢工或许未在他身上察觉。

司炉工或许未在他身上察觉。

然而它就在那里。在于一朵酪梨花

的香气，在于亲吻时不可遏制的热情。

红移之网

1.

那些龙在一柄圆铜镜的背面

永恒地追逐。我端坐，吸收万物的形态：

我吸收树枝上雪鸮的轮廓，

一只死后僵硬的手。我吸收你

踩在冰蚀湖上吱嘎的声响，四周隆起

二十英尺高宝蓝色的冰。

我吸收一个珠宝匠把熔金倒入

墨鱼骨模的刹那，白烟陡升。

我吸收一刻沉默的重量，

它撬动了房间里的对谈。我吸收

他沉睡时左手握住她的右胸乳

仿佛春光降落，玻璃质的

海浪袭袭。思想是一面镜子吗？

我看见猪的屠体高高堆在

万县码头一条船的甲板上，厨师抽着烟

漫不经心把烟灰弹到汤里。

我吸收墨鱼骨灼烧的臭气，

当所有时刻凝合，我看见远行即是归程。

2.

采集胭脂虫的人失明了；

在安老院，

她大叫，"这里每个人都得了阿尔茨海默！"

他嘴里生了水泡；

他们怀疑那卷二胡独奏卡带暗藏一系列间谍信息；

发现一袋 piki 面包 ① 用图钉按在门上；

星光下巨人柱 ② 的形状；

---

① piki 面包，美国印第安霍皮族的传统食物，用蓝玉米面制成。——译注
② 巨人柱（saguaro），美国西南部沙漠地带的一种仙人掌，可高达 12 米。——译注

一位瑜伽士在跳蚤市场试穿牛仔靴；

一只游隼
撕裂一根翅；

她的侄女翻遍她的房子带走一切她想要的；

"越快越好"；

仿佛一个盲人在研磨一只雪豹骨；

她知道你来为她剪发；

蒙受：非彼即此：
铁 26，金 79；

他们教唆他直视日环食；

棕榈鬼鸮的眼瞳明艳的黄。

3.

那夏日之初金灿灿的微光

一天之内不复存在。一只苍蝇错估了

一只金蜘蛛，大头针帽大小，居于

蛛网晶莹的中心。一枚晨间的蘑菇

对黎明和黄昏一无所知吗？

罔顾海军的发展，慈禧下令

建造一座浮在荷花池上的

双层石舫。

把毒鹅膏误认为凯撒蘑菇

几小时后肝脏的穿洞向天堂打开。

为了避免对怀孕的妻子发火，

一位邻居在储藏间装了一个拳击沙袋；

他隔三岔五进去，一拳接一拳，

出来时脸上带着微笑。一只长喙天蛾

围着一个穿胭脂红裙子的女人

不停嗡鸣。有人

搜捡来注射针，在手压水泵下

冲洗，阳光下晾晒，

以红十字会的塑料袋封存，

当作消毒后的新针管卖给医院。

4.

吸收这死尸般的静寂吧，成为

一根垂线底端的铜锥，它开始停止摆荡

标记出无声的一点。你或许疑惑

介子束为何震荡，那些星系

为何看起来朝着所有方向

同时红移，但是否有那么一刻

你不再感到地心另一端

死亡之线不懈的拉扯？

一个母亲朝孩子大叫"你这蠢货"，

那愤怒的念头形成一个圆。

一个少年准备参加游行，

可是父母担心催泪弹，

劝说他留在家中：当天下午

他被盗窃者的大头棍打死。

我昏沉沉醒来，头痛欲裂，

努力回想昨夜的噩梦

但于事无补，却发现

廉租房的房东在地板上撒了一层蟑螂药。

5.

液货船泊于青岛沿海的黎明，

引水人在贩卖拆解的自行车。

曾经，制表工用镭涂料

为表盘镀字，不时

将毛刷尖沾在口中捋顺。

我们的儿子透过一根黏在量角器上的

吸管观望北极星，吊在细线上的螺栓

恰好标记出此地纬度。

我记得他开口说的第一个词，"钟"；

他的 6：02 不同于我，你的 7：03 亦非同他。

我们去安老院探望奥丽莉亚发现

她熟睡着蜷成一个胎儿的姿势。

一个针灸师一根接一根抽烟，打嗝，咒骂；

一个少年人把头浸入天拿水。

我们总是想，如果我这样事情便会那样，

但假设刺激而刺痛。

一枝黄绽开花尖的火苗。

我摔碎了一罐芥末酱，海浪的震波。

6.

干烤辣椒的气味；

潜入表水层；

曼陀罗叶片的形状；

银行劫匪用强力胶粘住指纹；

湖水，
海印三昧；

一条鳟咬住一条狮子鱼；

他只得一错再错；

烧焦的爆米花；

他掀起蓝纸上的毒蝇伞盖 [1]

目睹了一个白色星系；

坐在一阵冷汗里；

一个小孩用奶瓶喝可乐，

她的牙齿全部镶了金冠；

焰火于湖上喷出一朵菊花；

piki 红面包从梯子上传下来；

笑声；

龙虾模子让红菇变成珍馐一种；

复制一张阿那萨吉人的

丝兰纤维与火鸡羽毛毯。

---

[1] "他掀起蓝纸上的毒蝇伞盖……"指制作孢子印的过程。
——译注

7.

他鉴赏一连串的铜镜：战国，

西汉，东汉，唐宋，

注意到那面战国铜镜上

有点点不规则的蚀斑。背面，

三条龙腾云驾雾，搅动四月的空气。

十六年了，最初的吻

依然曳着闪耀的尾巴。他望着

那面汉代铜镜背后的 TLV 纹饰 ① ：

思想的钻石角指向东，南，西，北。

他一脸苦相拔起一堆土豆，

看见雪云正从西天汇集。

她将一枚葵花头挂在

西北角的篱笆上。他望着唐代铜镜

的背面：狮子与葡萄藤

---

① 汉代出土了一批 TLV 铜镜，背后有象征风水的纹饰，形状
酷似英文字母 T、L、V。——原注

缠斗至极他转头望向

摘茄子的她，愉悦与惊喜

暗中捻合于是

他们在想象中无休止地流动，应答。

8.

我发现一只棕煌蜂鸟

躺在花房地板上，感受到红移

正构成一面网的半径丝弦。

你或许会在阳台待干的水泥地上

画一朵云，或醒来看到

窗格上蕨叶亮晶晶地融化。

那些击打的，弹拨的，弦擦的，吹响的

世界之声穿梭往复。

当第一线光照进望远镜

有人看见死星

之光，我望着喂食器边的燕雀，

豆子在黑暗中萌芽；

一个男人用长竿从靛蓝的染桶中

钩出纱线，正向拧，再反向拧。

我听见一个孩子在西黄松下

惊呼发现了土丘牛肝菌；

我看见你别着一枚缟玛瑙镶金胸针。

在弯曲的空间里，直线是一个圆吗？

9.

停顿于一个笔画的完成之中，

两只右手

握住一根毛笔；

透过天窗

凝视月食；

大蓝鹭

拍翅

落在船屋的栏杆上；

近和远：

一根连续的经纱 ①；

---

① "经纱"英文"warp"一方面是纺织用语，另一方面也有"扭曲"之意，诗人亦暗示时空的弯曲。——译注

一个邻居想要拆掉围篱；

一个工人觊觎着

用它盖一个杂物间；

　浣熊们在屋顶上

　吃李子；

"玄"①字——

黑，染——

钉在电脑上方的墙上；

　一对情侣

　让房间发光；

垂直织布机：

纺梳②之音，

鲸须；

---

① 中国汉字"玄"有黑色、幽深、玄奥、微妙的意思，字源与古早的染色工艺相关。——原注
② "纺梳"指印第安纳瓦霍族和霍皮族惯用的垂直织布机上用来平整纬向纱线的长柄纺梳。——译注

一个世界藏起另一个世界：

1054，一颗超新星。

美西螈 [①]

我可以用一条鳗鱼的鱼骨

练习占卜，但世界不会

比我意念之中的更为仁慈。

变黄的皂荚树叶

依然在变黄，灵车中送葬的女人

依旧悲伤不止。

我们生存的世界不存在假设，

但如果没有假设的梦想

世界便不会成立。我希望

世界不依赖一套终极的自然法则：

---

① 美西螈（axolotl），墨西哥钝口螈，俗称"六角恐龙"，是墨西哥特有的水栖型两栖类动物。目前，野生的美西螈仅产于墨西哥中部的霍奇米尔科湖（Lake Xochimilco），为濒危物种。——译注

或许，取而代之，抽丝剥茧。

或许，透过商店的橱窗

你看见二十四台电视上的二十四个影像：

忽而一枚爆炸的烧夷弹，

忽而一张美西螈的脸。

叶子的形状

银杏，棉白杨，沼生栎，枫香，鹅掌楸：
我们的情感接近树叶，存在于
我们被滋养的形状。

你是否感受过一棵健壮的挪威枫
它宽厚的轮廓溢满了悲伤？
你是否曾痛心那橘色火焰

烤炙着一株婀娜而蜷曲的山茱萸？
我曾从空中俯视被砍伐的岛屿，
每一座笼罩一面枝状沙石路网，

一刻纯净的愤怒升起，山杨金。
我曾见到沙丘鹤在开阔的田野上迁移，
一只洁白的高鸣鹤混于其中。

我曾沿着那些不曾命名的
叶子的外廓行走。此时
此地，空气湿润而光线微凉，

我领会到他人之所想但不说出，
我了解一棵糖枫愉快的脉络，
我正活在一枚新叶的边缘。

结绳记事 ①

1.

我探寻花旗松上白头海雕的巢穴
被棘刺钩住了衣袖，原来是黑莓，

耳边巨大的翅翼溅起潟湖上的水。
视线扫过一只白鹭鸶立在潮滩的木桩上，

想起红接骨木莓垂怜的小径，
你从蕨叶间抓住一只蝾螈随后放走。

一只母鹿从身后悄然经过
正当我们无路可走委曲前行

---

① 题目"结绳记事"原文为"Quipu"，音译"奇普"，是古代
印加人用以计数和记录历史的方式。——译注

仿佛临摹一片庞大树叶的边缘，

仿佛深测一条凹凸的海岸线，潮水

冲洗着修复心智。我盯着鲍鱼的眼睛，

惊叹向日葵海星摸起来那么柔软，

海葵的触须那样黏着手指。

我们光脚踩沙子，我跟随

海浪晃动，指着冲上海滩的

螃蟹的碎肢，看啊—— 一只狗突然猛拽

女人缠在手上的绳子，骨折——

接踵而至的失落蝾螈了身体，潟湖了思维。

2.

这里有一匹红马身子探过刺线篱笆

根除了一整排玉米；这里有辣椒秧

在雷雨之后腐烂；这里的雨丝有力气

暴露出胡萝卜种子险些全部冲走；

而这里有两样茄子在埂上开花了；

这里有豌豆，黄瓜，灯笼椒，茄子，

西红柿，甜瓜，玉米。这一袭花潮

莫不是一道损害的弧？她闭上眼睛疼痛着：

漂白的房间，超声波拾起卵黄囊

和佝偻的胚胎：在一颗豆荚的空间里，

一个头，一张嘴，神经管，脑干，眼珠；

然而没有脉搏或颤动的心跳。

房间另一边，他们伸出手去，是枉然吗？

房间变暗，屏幕离子化，发光。

他眼前浮现一系列照相般精确的静物：

锃亮的金属门把手映衬于黑色背景，

远景中一块鲸椎骨映衬于黑色背景，

十九片摞起的松饼映衬于黑色背景，

一串特写的榛子映衬于黑色背景；

当他忽然睁眼，他失去了听觉。

3.

是谁碰了那结绳让它爆裂成灰？

什么花比沙地上的山桃草更快凋零？

悲痛的瓦数是多少？

记述印加国玉米的羊毛结绳是否一秒钟被消除？

行将之白如何褪色为粉红？

她打结的爱会否一瞬间化作美洲豹？

喜悦的抗拉强度是多少？

有谁见过大鹏鸦在旱谷里反刍骨头？

一天的波浪底下藏有什么？

一根蓝色的无结绳——什么意思？

思想如何折叠欲望的形式？

由南向北，由东到西：哪一个距离更远？

一段禅宗公案何时非解为公案？

谁能拆开挽歌的线股反向拧成颂诗？

谁在耳语"现状交付"？

那催发身体之兰花的热情去了哪里？

这些梳棉为何人所有？

4.

7：14：表盘的红字浸透了时间；
他盯着煤油灯的栗色瓶身，
胭脂红的蜡染布在天窗下垂悬。

他开车回家，停车标志上的大红
是床单上鲜艳的血；
客厅的烛光召唤无上的祝祷。

一个念头支配他漫步到山下春天喂养的池塘

坐在生锈的长凳上，呆呆望进池水；
小鱼飞掷；青蛙抬头；

一只朱红蜻蜓停悬在鸢尾花上，
穿梭往来织成一张无形的网。
他猜它吃蚊蚋，但

只捕捉到那翅尖上点点日光。
他的思绪穿梭溯往——潮池中游泳，
水母轻轻擦过他们的手臂和腿——

一条红绳圈记载失落和失落。
当他吃重抵达，阖上双眼，
惊异于一只蟋蟀在炉膛里唱起歌。

5.

他的书翻到"结绳记事"那一页，
从背面看，隐约的，

一个榀桴剪影。有时你欲望的东西
在阳光下透印。当棉白杨的金色叶片

旋落，他发现，高处一个硕大的鸟窝，
一只喜鹊在树枝间蹦跳。

他在黑暗中戳痛脚趾，脑海闪过
第一次从土中挖出一枚松茸的情景，

手指抚过菌盖和菌柄上棕色的痂。
此刻，他望进她的双眼，她在讲述

两个从安第斯山脉获救的男人遭受的冻伤之痛：
一个截去了双臂和双腿如今

用义肢行动，而另一个，
试图保全他的手脚只得

受轮椅之苦。她说"我才不要
变成*那样*"，"不"把指纹印在玻璃上。

他看见一个男人沾满血腥和鱼鳞
埋在大比目鱼中间，徒劳地清洗。

6.

有人听说一支用鹤的翅骨雕刻的笛子吗？

他们把一棵棵牛番茄倒挂在厨房；

染布人把发酵的尿液倒入染池；

卵子与精子爆炸；

一个蜂鸟窝卡在枝杈上
卡在他脑海；

她呻吟着当他从后面拉扯她的头发；

在一颗豌豆的空间里，
没有开始的开始没有结束的结束；

他从灌溉渠引水，浇灌细瘦的桃树；

他们捞出绞纱，
屏住呼吸看它在空气中变蓝；

他们把超声波图像连同一只白纸鹤叠进信封，

祈祷，点火；

他织出一匹蓝色的美洲豹；

采摘熟番茄，她掠过枯萎的叶子；

"人终有一死"；

他们向太阳祷告，正午时分烧掉蓝豹；

受孕：186000 英里每秒；

186000 英里每秒；

有人听说一支用鹤的翅骨雕刻的笛子吗？

7.^①

乌鸦们在河湾地带啄食

水牛的腐肉，正当拉兹叼着一只牛蹄

小跑向前。正当之多义：等量齐观；

譬如；考虑到某种特定的

形式或关联；以相同的程度

达成某事；仿佛；物以类聚；

依照某物合乎某法；

此际，当时；无论程度如何；

因此；便是。

结绳记事，那些染色打结的绳索

从一根主线垂挂——又仿佛

帕瓦奇河^②分流的水渠引入

---

①　第七首诗，诗人以诗为例讨论了英文词"as"可表达的多重含义。——译注
②　帕瓦奇河（Pojoaque River），美国新墨西哥州的一条河流。——译注

田间——思想打结，我
追随那一根根短线直至散开的绳端——

光脚踩踏白沙，沙丘上
打滚，白色点点沾着我们的唇，

我们的眼睫，坐在温暖的沙中
正当一轮凸月游于天空的深海，

四翅滨藜投下影子，
迷迭香薄荷渲染着空气。

8.

我闭上眼——鱼钩和尼龙线
映衬于黑色背景，从水面看
墨鱼映衬于黑色背景，

河豚的特写映衬于黑色背景。
秒针阒静仿佛从一夜扎实的
落雪后醒来，停电了，

屋子冰凉。一点钟，积雪的树枝

折断了电线；断线的一头噼啪挥动

一串串橘色火花。一个女人在门前

扫雪，踩空了台阶，正面摔倒，

淤青了面孔，双臂手肘骨折；然而

身体之振作依赖那未卜的真理

满足一切愿望

*并非善事*①，依赖——月光，

日出——白天——玻璃上的鱼鳞霜——

灼伤与惊愕。经过了 1369 天，我们

把鹰安放于鹰羽构筑一个

窝——鱼钩的快乐——思想在窝中每日孵化。

---

① "满足一切愿望并非善事" 出自古希腊哲人赫拉克利特
（Heraclitus）的残篇，英文为 "it would not be better if things
happened to men just as they wish"。——译注

9.

我们低头钻进查喀非 [①] 的一个洞窟，不经意
撩起石灰华的微尘，看它们悬挂

在一柱阳光上。光柱从冬至日正午
窑顶的天井射入，打在石灰墙上，

狭长的砍痕，之后是一圈剧烈的光
消失无踪。我们离开时，

随那一点光斑的湮灭你咝咝发烫，
我咝咝发烫回想起我们第一次接吻，

我的双手抚过你的肩头，
你的眼睫眨过我的脖子。飞行的

大雁投影于水上，水波
映着光，喜悦拉伸再拉伸

---

① 查喀非（Tsankawi），美国新墨西哥州班德利尔国家纪念区
　（Bandelier National Monument）的一个区段，内有 16 世纪古
　印第安村落洞窟遗址。——译注

拓至无穷。想起那时我们
带了礼物敲邻居的门，而他们

丝毫未觉只是那样出神地盯着
喂食器数鸟——丛山雀，吸汁啄木鸟，

五子雀，啄木鸟——热浪晃漾着
逸入空气，我们一秒一秒计数幸福。

流金

1.

6 A.M.，北斗七星已旋至头顶；
再过一个小时天边将出现玫瑰色
的卷云。我闭上双眼，海浪
披展褶皱；我被日出前的鸟叫声
唤醒，仿佛我们的身体
还印在白沙上；从海滩望去，海水
一转眼加深为凫蓝。流金
于波面上跃动，你向它
伸出手，它却游至另一处，你
伸手向另一处，它消失不见。
思想殷切地从烛光般虚弱的事物中
萃取持久，萃取
经历无常之变迁后
愈发本真的东西。当月面学家

测绘月海，他是否会镌刻

一个冲刷更新的记忆？

一种热情催促我们燃烧起来

并借着那热度一点点白炽化。

镌刻于生死的运行之中，

我们平衡着，品味对时运的抗拒。

2.

在记忆的贫乏之地，你听见

蟋蟀在洗手池底的水管中窸窣爬动

却看不见它，手指抚触花瓶的裂纹，

但珍惜它死亡的残片。当你

伸手向一个女人的临终之床，

你对她皮肤的色泽早有预料：

双眼紧闭，从一根管子吸入氧气，

她将不再爱，不再恨，不再歌唱和算计，

不再开口，激动。在一间西班牙语街区公寓，

你拉一下灯绳：蟑螂们

弹开前足扣紧翅鞘。

你聆听冰箱的嗡鸣，

水龙头滴水嗒嗒。在克奇坎^① 的一家酒吧，

一个男人颤抖着讲述一只灰熊如何拍中

他的右眼，眼睛如何像生蛋流淌，

而不出意外他将走访一间间酒吧

重复他的痛苦。你步入屋外的细雨：

雪线已降至码头上方

八十英尺。思想在记忆中挪移

如同蛆虫一寸寸占领牛肝菌。

3.

烛火在壁炉架上波动；冬季

将尽，塘水清澈，

细枝和枯叶纠结在底部。

他们渴望一个厘清思维的瞬间；

暖光从指尖流溢，

他们确信那逝去的已铸成

此刻的模样，仿佛祈祷文已掷进

教堂钟声的熔模：*暖色，*

此刻，太阳，湿润，寒战，尖叫，扭力，存在。

---

① 克奇坎（Ketchikan），美国阿拉斯加州的一座城市。——译注

尽管制陶人可以用钳子把烧红的碗

从窑中取出，浸入冷水，

他们唯有一连串蛇行的词语

来见证一朵菊花

在一只黑碗的沸汤中盛开；

当那热度温暖他们的双手；当他们

认出一枚即将舒展的

苍绿的叶片；苹果树发芽了；

月亮的银钩开始丰满；

他们颤栗着打破这肃静，

蜕变为另一种肃静之光。

4.

系一个气球在动物园的铁门上，他正巧

看到售票员眨一下眼

按铃叫下一位，迫不及待见到乌龟

滑入水池的瞬间。来到里面，停在水族箱前，

什么也没有，他把双手贴在玻璃上；突然

食人鲳的方阵游来，迸射着银光。

他仔细研究它们晶莹的下颚，眼珠，门齿，

转身向木地板上来回踱步的

孔雀，美洲红鹳掩翅而立。

一个零星的失落拉脱思绪悲伤的线团

以及——流星雨——小时 天 分钟 秒——

促使我们把手伸向清晨的窗边

洁白的水仙。公园里，绯红与橙黄的

橡树叶透明地燃烧：死亡的一刻

是否播种？一个朋友曾在

干涸的湖底点燃焰火试探期限

和永恒：艳红的游丝，

黄雨，紫菊的弧光

化为金子化为黑空气。低头系鞋带，

他遭遇柏油路面上不规则的坑点。

5.

再过几分钟天光渐明

柳枝将点亮每一根枝梢。

烧红的陶碗猛地按进冷水，那咝咝声

如同你在桑拿间舀一瓢水

浇在石头上。那并非斑马的蹄印

或剑羚的影子，而是藏在猞猁

接近鹅圈时的气味中。这影影绰绰

房间里蜡质的暖香不会镌写在

包裹尸身的莎草纸上，也不会化作

无畏的冥币流通于来世。

唯有把自己毫无保留地抛给结局

我们才能发现亲吻的黄闪电。

我们围坐着镌写一个圆，搓捻

并嗅闻手上野摘的茴香秆。

驼鹿崽挂着湿湿的脐带

努力跟上它们迅捷的

长腿母亲。走上盘旋的木头阶梯我们

低头望去，斑斓的大锦鲤

在底部的池中悠闲穿梭，一条

忽然泼剌拍尾，将金子溅到水面。

6.

大片野鸢尾在田野间枯萎。

他试图从母亲手指上脱下

婚戒，然而尸僵已发生；他在她指上

涂抹肥皂，来回拧转，再用力一扯。

我捕捉到一个男人用刷子

把水甩到待干的水泥路缘上的动作，

而另一个用抹子磨得水泥光亮如橄榄油。

我们没有留意雨水何时不再击打

天窗只瞥见一条裂缝

正沿着玻璃扩散。"好吃！"一个二十岁大的人

赞叹着，牛奶倒入玉米片，鼻涕

横抹在他脸上，他的继母

抽搐起来，失声痛哭。我们用环形藤架

圈住牡丹花避免新发的枝芽

弯到地上。我寻找蚂蚁摆荡的路线

而不得；我勘察杨树

畸形的树干而不得。

当远转变为近，我旋动一枚小小的螺丝

系紧你腕上的手镯；

你拉动一条横木打开大门。

X 与 O

有人把一枚划着的火柴弹到路边

一丛香蒲附近，痛饮

一大口啤酒，踩下油门开走；

准确来说那根火柴并非

冲你而来：你只是碰巧在那儿——

等待的路口，停车场，

渡轮上，终点站；当放大镜

将阳光聚敛至一个黑点

燃烧起来，别犹豫，全神贯注，

X 掉一团沸水中舒展的

茉莉花叶，X 掉

黄昏的杨树枝上移动的

红尾鸫，X 掉初生的月光下

漫游在路尽头哀哀叫的郊狼，

X 掉你嘴里吸收的

缝合线，X 掉犬吠，

一只喜鹊雏鸟跌出巢穴

在石子路上不知所措，X 掉一根

陷在泥里的北扑翅䴓羽毛；但你无法 X 掉

腹泻，X 掉熊熊大火的谷仓，

X 掉沙枣树旁一字排开的

消防车上的救火员，X 掉烧焦的

草地和篱笆桩，X 掉

一阵痉挛，出生地或死亡时间，

X 掉，在横坐标与纵坐标的

交叉点，暗物质弯曲

时空；你无法 X 掉一团云，

那就从中寻找一面凸镜吧，当你下一次

在厨台上切香菜，下一次

通过一道十字转门。

一个反射角等于一个入射角

受我一脚再一脚再一脚再一脚再——

一个孩子反复踢一只狗，生污水
从近旁干潮的沙地上汩汩冒出，

马拉加，1971。一个在沟壑里
翻弄垃圾的男人被推土机轧碎。

如果我有 q 或 r 或 s 该有多好

化为她眼中的飞蚊。文火慢熬。骨灰
撒进大西洋墨水蓝的波涛

在清晨波动的潮声上玎玲起伏。
黎明时一个人迅速辨认出电线，

云，篱笆，蓝色的雨篷，果园，木板

架在沟渠上，烟从烟囱口扭缠而出
把目光牵引至一道矮门旁

白色的苹果花，后院堆放的鲸骨，
停车场烤红辣椒的味道，又或者记忆中

包裹起一根暴露的水管，我们的舌头

相遇时的烤炙。枯叶顺流而下
被迎头撞上的利剑

一斩为二。一，二，
四，八：估量一把熔铸的剑

在最后的淬响之前承受 32768 层锤击。

什么人相信字一旦写下便永不磨灭？
1258 年，蒙古人把书流放入底格里斯河

墨迹染黑了河水。

尽管最初记录绵羊与山羊的造册

已从博物馆消失，标记法

从未抹除，而是经久地修订，扩充，
嬗变。当一个女人递上一张

点缀云母亮片的手作玉兰花纸，
你把它举向光，一条牛奶蛇

轻薄的蛇蜕。尽管一缕丝

展开后可覆盖一公里，
轨迹并非梦的唯一孵化器。

好吧你错过了宝瓶座 η 流星雨，
或上星期的月全食。当你

扫除壁炉里的蛛网，打喷嚏，

端详一片牡丹的叶脉，你意识到
那最初一刻的迷失，

玻璃星座

144

你抓住并松开那不可占有的，
嗅闻玻璃碗里的金橘，低头凝视

数以百计的红蚂蚁汇聚洞口一点

不约而同如扇面展开。
一辆摩托车尖啸着驶过北窗外，

成倍的寂静随之而来：黑夜的
玫瑰石英。我不时闻到穿在竹签上

烤海蛤的味道；那个曾品尝过它们的

女人的骨灰随波而逝。
西瓜子会在今夜的月光下发芽吗？

洗手台边的发刷，肥皂，温度计
构成一个短暂的符号随即

如一个解脱的绳结。一个精通梵语的

水暖工纠正我"禅那"[1] 的发音，
一边更换了镀铬水龙头。

我仔细研究一张李子的截面图；
是否有一枚无穷小的种子藏在

宇宙截面的中心？尽管一块震荡的

石英可以测量增量，时间本身
是一条黑线。我抵达春分的尖点：

你睡眠之波的喃喃；
我们彼此抚触时雪橇窸窣滑动。

是谁守在昨日的喂食器旁痴痴等待

靛彩鹀的到来？一个女人卷起葡萄
根茎制成雕塑，说起她的丈夫

在三年前去世。我们不必阖上

---

① 禅那，dhyāna（梵语），指一种沉思入定的状态。——原注

逝者的眼睫，不会因为勇敢直言

被奎宁浸泡的布单绑缚 [①]。一旦开始，

便会无穷尽地枝生：飞蛾在走廊的
纱门外盘旋；我们理解叠在叶子上的

叶影，谛视窗外
进食的燕雀，一只麻雀不断

撞向玻璃。当一分钟的静寂

从嘈杂中筛出，一个漩涡变成
一个涡旋的星系。当我的舌头滑过

你的锁骨，我们从沙子里掘蛤蜊壳，
退潮时网捕红蟹。阵雨

似鸫鹩歌唱，但要紧的是我们

---

① 据诗人讲，北美原住民乔克托人（Choctaw）在举行下葬仪
  式之前会先确认阖上逝者的双眼；用浸泡了奎宁的被单将人
  裹起来是北美早期传教士对冲撞基督教的原住民的一种惩罚
  措施。——译注

从玉中提取黑暗，用清澈的目光切开

牡丹花开的黎明。有人把灯笼椒

和洋葱移植到花园，

此刻顺流而下的树叶逼近另一把

利剑，却在相遇前的一刹那弹开。

藜麦在锅子里熬煮；香菜气味

覆盖剑鱼；春日的波峰当你

把头靠在我肩上。橙色番红花

在后院连成一线。一次是一块焦土；

我们在草丛中俯身，摸到一串

拴在一枚阴阳币上十二把带环的钥匙，

把它们挂在大门外，却无人认领。

我们与已逝之物曲折的重逢

难以捉摸：起初一根

两股两色逆时针捻纱

加入一股单色顺时针捻纱：
棉白杨的枝丫在头顶岌岌飘摇；

月亮低于曙色中的金星；我们的臂膀
迎接一季接一季的晶化。

火星极冠随季节变化

扩张，回退。有时候极目远眺，
我们才能确认自己的位置。我们曾在倾斜的

瀑布下游泳；我记得有一次逛花园
独自游离牡丹花坛

站定在蓝罂粟的面前。记忆即

更新，刺激，重生。纸莎草的条茎
从铜盆里长钉般耸身。*滑翔翼，烂泥，*

像素，犀牛角，木梳，纳骨塔，
广角，痉挛的，徕卡镜头，针插——

它们之间并没有一条线索贯穿，除了

一切相称或不相称的事物都是
浮冰的一角。当我盯着一张照片

数出两百六十五颗榛子，
研究它们外壳上不规则的裂纹，

我认出龟甲上的裂口，

窥见语言的占卜本质。
譬如一盏黑色水波上晃荡的灯笼

并非一盏灯笼，
这些突触联结的词语并非事物本身

而是咝咝响着，指出一个方向。

蝶蛹

死尸从永冻层升起

而我正在水槽边刮洗锅底的鲑鱼皮；
阳台上，微尘在倾斜的金光中

泮澼沉潜。黄昏的金星是否
与黎明的金星同等明亮？昨天

当我正要将一颗硼砂胶囊封入

一段朽坏的门框之下，我瞥见参差的冰凘
在海湾中漂浮。海军声呐

切入鲸群的听觉，一位尤米安克①皮舟的船长

___

① 尤米安克（umiak），因纽特人捕鲸用的木架海豹皮舟。
　　——译注

正在享用一块端上桌的

雄鲸背鳍。停于车流中，他仿佛荡在

缆车吊椅上，俯瞰猩红的火焰草。
舔湿信封将之封起，

我又听见轻擦你肩膀时
你微弱的气息。一场霜冻摧毁了

门前开菘蓝色小花的植物，

我反复浇水直至它从根茎复活。
巷子里磨刀人的吆喝声

回响在一个微生物学家的脑海
当他即将施展术前麻醉。

秋日的第一夜冻伤了

篱笆旁的灯笼椒，院中含苞的
一枝黄亦弯身向大地。

他观察着邻桌交谈的人们，

看见不间断的线条

交汇于一点然后分离。

阳台边的紫藤永不开花；

木地板上一只螳螂收起前足

从狗盆饮水。欢笑声从楼上传来

那是女孩们在比对胸衣尺码。

一位前任部队军官

对遴选委员会的组成颇有微词，

嘲笑并轻视那些敌对候选人。

一个焊接工无意间抬头

望向基督圣血山^① 几秒，发现

---

① 基督圣血山（Sangre de Cristo），洛矶山脉最南端的一支子脉，位于美国科罗拉多州南部和新墨西哥州北部。——译注

国际高架路上一列阻滞的卡车，

废气排向山下的房屋。
即便某一天被命名为"一齿路"或"六雷伤"，

命名不会改变这一天的本质，
时间的算术也并不会停止。

一枚银杏叶的压印——扇形，略微

厚重，宽叶沿是细微的波浪，两耳，
叶脉如叉齿平行但

没有主脉—— 一块煤板揭示了片刻之美，
而街边脱落金叶的银杏树

是日常的无心之美。

一度认为已绝迹，银杏
在喜马拉雅山的修道院中被发现

继而在尘世繁殖。即使

我无法挽救一只冻伤的

试图在蓄积日光的小路上回暖的螳螂，

我不断思索墙上粉色与橙色的
九重葛待放的影子。泥瓦匠铺平沙子，

砌上一对对水平或竖直的砖块，
我们修建一个平台为了创造一方

自己的空间。月偏食的光辉

从天窗摇摇欲坠，我们摇荡
潆洄，摇荡潆洄，指尖如扇张开

成为指尖之扇面，富足地张满。
金星从渐明的天空隐去：

而日食的钻石环还在持续。

你无须在 2001 年 6 月飞到津巴布韦
体验这一切。那天镌刻了"十三死"

和"一鹿"① 当一个终结开启另一个循环。

我记起交配的蝴蝶翅膀上红色的斑点，

一艘延绳捕鱼船破浪前行，

水声渐强，水壶开始沸腾，

座头鲸回声低吟。无声地，舞者

倾注于舞台上的动作；门边的丁香

发芽了。意识一点点拼凑，

我在凌晨三点钟起床。十二月的雨打在天窗。

一个女人在路边清扫碎玻璃，

丝毫未注意过往车辆挡风玻璃上

映射的榆树枝。刺柏在壁炉中噼啪作响；

---

① "一齿路"（One Toothroad）、"六雷伤"（Six Thunderpain）、
"十三死"（Thirteen Death）、"一鹿"（One Deer）是玛雅历法
中卓尔金历（Tzolk'in）对日期的命名，由13个数字（1至
13）和20个日名（即诗中列举的"齿路""雷伤"等）依序
搭配组成，260天为一个循环，方法上类似中国古代干支纪
年法。——译注

鲸尾扬出水面，鲸鱼俯冲入海。

日全食的路径并非只为

投射于地球之上
每小时三千公里的影子定义。

我们的眼睫毛彼此调适。
在一个旱谷出口，一只羔羊的

头骨和肋架裸露沙中；一簇簇

挂在刺线圈上的羊毛不见了。
在商代，文字刻在

敌人的头骨上，但这羊骨传达了什么？
你无须将龟壳

浸于血液来预言积云。有人

在上流的河床上丢弃一台冰箱
而你正在欣赏一株开花的

黄金雨。一个女人为她花园中的

一列洋葱除草并嗅闻那丝甜；

你炒鸡蛋，喝乌龙茶。

无休止的分枝

从无休止的断裂中衍生。在我们打瞌睡时

有人偷走了报纸。一只虎凤蝶

落在阳台的耧斗菜上；

一枚毒蝇伞从一株蜀葵边破土而出。

拨开一丛丛沙枣树的枝叶

我们即将抵达帕瓦奇河，发现土中

散落着北扑翅䴕的羽毛。

机遇和命运在此刻相交。

此刻我擎起一只茶水洗涮的黑碗，

品尝我指尖的温度，

空虚的香气。我们前后摇摆

在水上前后摇摆。飞旋海豚

冲破海浪；一只鲸

朝西北偏北喷水。有何物不受驱使？

黄芙蓉花，黄道带，发刷；

刺线圈，烟雾，雪片——当我固定

目光，那一刻扩张。雨水

加深了院子里鹅卵石的颜色；枯萎的苹果

在黎明的枝头失重。

礼物

这些拼图碎片

将组成图坦卡蒙的黄金面孔，

然而此刻，它们是一堆

摊在地板上的颜色；

这些清醒的瞬间

是格格不入的散片——燕子

飞翔时的心跳，短尾猫

留在温莎步道①上的爪印，

找到一块匹配的零片时隐隐的

喜悦，连根拔起向日葵，

---

① 温莎步道（Winsor Trail），美国新墨西哥州圣塔菲的登山步道。——译注

小心翼翼从桥上倾斜骨灰瓮

让流灰聚积成云。

生命源于碎片归于

碎片；没人能修复

被大火吞噬的莎草纸；

在百子莲开花之前，

在身体枯萎并夷平

意识之前，你还有时间

猜谜，动摇，莽撞，放纵，

轻忽，漫不经心，哀泣，白热。

银杏之光

1.

一只绒啄木鸟在电线杆上敲洞。
你剪断花茎，将郁金香安插于花瓶，
而我正以一个下弓拉响 A 弦，开启
"风之歌"。我们缓慢地享用黑豆
香菜米饭，和黑皮诺葡萄酒；光
斜照进厨房的玻璃窗，春天点燃
我们指尖的烛火。河面摇摇欲坠的冰
裂开了：有人在车道上铲雪，
突然昏倒，送医后感染了
葡萄球菌；在一场空难失事地，一个女人
从烧焦的尸体中认出她另一半
的戒指；一个旅行作家，妻子安置在
宁养中心，凝视着一次月食，橘色月亮
只显露它一百万分之一的光芒。

一颗沉睡了一千三百年的荷花种子复萌；银杏
号令它的扇形叶片；每一个时辰都在孕育。

2.

一个七岁孩子剪下紫丁香送给母亲；

"给一座变电所涂鸦却触电而死"；

淅淅沥沥雨落天窗；

鬼蝠魟循着海湾水底的亮光觅食；

引诱一位病人，
他意想不到地堕入深渊；

西伯利亚上空，一颗流星爆炸；

"此时此地，我最为幸福！"

暗背金翅雀口衔做窝的稻草；

爱不分远近。

3.

比基尼环礁^①附近，一颗原子弹释放出蘑菇云，

火球黑曜了湛蓝的天空，

棕榈叶外翻，风中摇曳斑斓的黑；

那火球的一瞬永恒地潜伏

在退休飞行员的眼底，即便当他说笑，

倒一杯伏特加，展示他的防风镜，勋章，

挂钩上的皮夹克。一个女人

哼唱着摆弄柳枝，雕刻笔刀

和放大镜，为了修复一个阿帕契族吉卡里拉^②人

的篮器；她对即将散开的之字枝条

---

① 比基尼环礁（Bikini Atoll），马绍尔群岛国的一个堡礁，美国从 1946 年至 1958 年在此地进行原子弹和氢弹的爆炸试验。——译注
② 阿帕契族（Apache），北美数个文化上有关联的印第安部族总称，吉卡里拉（Jicarilla）为其中一支。——译注

毫无线索，也不会预知十年后
她将在口中扣动扳机。

4.

穿过月亮门，池上的荷花含苞待放；

"换你当鬼了！"

他一向听从理智
却开车到南边的树林，把枪对准太阳穴；

蒸馏成影子；

榅桲树和梨树从渠底长出叶子；

次序和同时性；

枝形图案印在他们的床单上；

拨奏：

我 们 将 溯——河 而 上。

5.

1945 年 8 月 6 日：广岛一座距离核爆中心
1130 米的寺庙塌毁，院内的银杏

在灾难之后再度发芽。寺庙重建时，
他们在它近前的左右建立台阶

互为出入。有时我们弹奏着毁灭
下一秒便陷入极乐。一位患有阿尔茨海默症的母亲

认得她的儿子却不记得她在何处儿子何时
来访。"文革"期间，

树谟在液货船上洗了上百万只盘子
并数着它们出神。露点温度

即雪橇主人陪同雪橇犬一起慢跑，
以减轻冰上她的重量直至终点。

6.

面包一条条陈列在架子上；一辆汽车

驶过安全岛溅了报贩一身水。

时序之路上，我们看见黄道光

挂在天边。宇航员把脚印

和链球菌散播到月球。

机遇触发有准备的头脑：一只库柏鹰

栖落在杨树枝上

加速我们的神经传导。果园里

杏花轻轻绽开；

孑孓在积水中屈伸，径流从一个 V 形坡台

注入水塘。我们不敢相信

多年以来一直围绕一个

冒火的香炉跋涉。萤火虫

愈加明亮，我们多么渴望流光

可以撼动黑暗。一辆皮卡车拐来

又拐走，歪斜的光扫过我们脸上。

7.

光歪斜地扫过我们脸上，我们

暂时失明，方向失控，瞬间

出现无限条路。半边莲
在露台的陶盆里开花；一个邻居

越过篱笆递给我们三颗贝比莴苣。
蟋蟀在窗外唧唧振翅；

当我们倾听自身的呼气，吸气，
稍纵即逝比水泥地更为永恒。

银杏怒放。一道曲折的裂纹
在挡风玻璃上蔓延：我们发现

逃避黑暗即供养黑暗，
蒙受时间之痛——二歧叶脉——

即庆祝时间。一个轻快的早晨，
我们踩着层层叠叠

散落人行道上的扇形叶子，
指尖抚过手腕与下腹的疤痕。

双螺旋

海洋生物学家出没威廉王子湾^①

追踪杀手鲸群的动向
从它们的背鳍和一阵

涡旋至海面的鲑鱼鳞来辨认。
一只驼鹿与两只幼崽在暮色中吃草;

牛毒株在通往弗里茨克里克^②的路上散发臭气。

有什么不在后知后觉中瓦解? 思维
从右舷倾至左舷, 左舷倾至右舷,

---

① 威廉王子湾(Prince William Sound)是美国阿拉斯加湾内的
一个海湾。——译注
② 弗里茨克里克(Fritz Creek), 位于美国阿拉斯加州基奈半岛
自治镇。——译注

但始终平衡于龙骨。工匠拉出一条

橘红色长线校直石板踏阶，

两条柠檬绿的线框出

墙的厚度。打量着水渠沿岸

草地上分布的石块，我目睹墙

以一道道不规则的波纹垒起；当我们

围着卵形餐桌吃饭，谈论

糖尿病顺势疗法患者如何忍受持续的煎熬，

秀珍菇如何在我采集时

看似新鲜，却在切开后露出虫子，

我们反复探究这些事件直至——

一队背鳍划开水面，喷雾

悬于半空——终得一窥它们真实的生存空间。

我试图与一位剧作家

交谈，他曾坐过奥本海默的

椅子^①；支撑在桌边，对着一台彩色电视

点头，右手可及之处，

一个长条形药盒：早，午，下午，夜晚——

当新闻鱼贯而出，他挣扎着，
失败地串起一个句子，然而，在我

起身之时，他直视着我，伸出一只胳膊。
一排黄槽竹沿着后院的篱笆

生长。昨天我们开车

入杰梅兹山^②，沿林路144号

---

① 奥本海默的椅子（Oppenheimer's chair）：罗伯特·奥本海默是20世纪美国著名理论物理学家，二战期间参与研发核武器的"曼哈顿计划"，被誉为"原子弹之父"。美国剧作家James Schevill写过一出名为《奥本海默的椅子》的短剧，诗人在此引以为原子时代的一种象征。此外，"奥本海默的椅子"也是1995年圣塔菲双年展上的一项装置艺术。——译注
② 杰梅兹山脉（Jemez Mountains），美国新墨西哥州的火山群。——译注

割取鸡腿菇，在云杉和迷离的

雨雾中探索，即便你

发现某处有人收获了

一整枚牛肝菌，即便我们开车经过时

你看到岩石上一只松鼠在啃食
一块大腿菇，我们却一无所获，只是

陶醉于花旗松。望向外，望向内；
有什么从黑暗中渗流？云，雨；

我们伸展着校直彼此，合而为一。

海湾传来黑翅鸥的叫声：
在夏至日光线的涡流中，

我注意到涨潮与退潮之间
那二十五英尺的过剩；

一个男人从岸边甩线，摇上来一条小比目鱼；

红脸鸬鹚在崖壁上筑巢；
水獭懒懒地仰浮波上；

落潮时我在吐着水沫的蛤蜊间游荡，
发出踩到贝壳的脆裂声，

一块石头底下，海蛞蝓的卵，

一条锦鳚；还有橙色的海星，
皮革海星，杜父鱼，褶边海葵，

一只海月水母独自在水中
耕游，磨损的蟹壳堆在

章鱼巢穴的入口，马蹄蟹

在等潮线下交配；然而，在我察觉之前，
潮水已回涌上岸，开始没过

远处礁岩上的紫贻贝；

海鸥起飞；青海胆从拍击的浪头下

消失——我的一瞥已过期。

臭鼬在天黑时从纱门外走过；

有一次它们洗劫了我们花园里成熟的玉米

但依然往来穿梭只因一位退休的

小提琴家习惯了给它们投食。一位作曲家曾经——

杀手鲸在研究船近前浮窥——

告诉他的赞助人，"没关系哪怕你

与我的女朋友睡觉"，殊不知

他分隔两地的女友早已为了

一个软件工程师将他抛弃。从邻居的花园

我们采摘酒树苹果，布雷本苹果，金冠苹果 ①，

①　酒树苹果（winesap）、布雷本苹果（braeburn）、金冠苹果（golden delicious），为不同苹果品种名称。——译注

挤压它们；当苹果汁滴滴汇入
塑料桶，引来几只黄胡蜂的啜饮，

时间渗出汁液。一秒钟，我翻炒
一个鸡蛋，眨一下眼，剪断一根线，蓝墨水

抹脏了照片，水象

变为火象：当一位退役的
士兵作证飞机曾在播种时节

撒下带有病菌的
草种，一片刀刃

从我掌心划过，真相灼伤，韧化。

渔人朝杀手鲸射击防止它们
将延绳上的黑貂鱼啃食一净。

你无须分析游隼体内的
毒素以稽证生命之网

不断拉伸。在奇马约①的一座果园

两匹马把头探过大门，两个孩童
递上苹果，此刻有人把钓线甩入溪流，

线在水中蛇游，闪耀。笑声
在餐桌上回荡，有人把龙舌兰

浇在冰块上，冰块在杯中爆裂；

女人们将苹果切成一块块丢进
手推车。我们从未留意这些

当我们彼此对望冒出气泡：
我们活着是否为了寻找答案，付之一炬，

闪电般加速这一小块足下之地？

那流经我们体内滔滔的热情
终有一天消散如烟——

---

① 奇马约（Chimayó），位于美国新墨西哥州里奥阿里巴郡。
——译注

这些词语将生命的双螺旋拧成一股烟——
我们拥抱，铆合，燃烧成速朽之美，

燃烧成杨树林梢金黄的绽放，

焦土之上发芽的羊肚菌。
当天空暗下来，吞并掉喜鹊窝，

绿水箱，滴水嘴，梨子，榅桲，板条钉的
木篱笆，我们前后倾仄：一呼一吸之间

之于铯原子的震动光频

已是千年；之于百武彗星
是几秒钟——潮汐

漫过橘色嗅角的海蛞蝓；淤泥
沉入水下形成海底峡谷——

我们看雪在石板小径上消融。

赤道

我拉动窗帘时，九重葛的一枚尖刺

钩住了我的衣袖，忽然有什么

扎了我一下。在秘鲁，印第安人爬上

六月底的山巅观测昴宿星团

预告来年的时节。气象学家

发现厄尔尼诺现象造成高空的风

在十一月从西吹向东，

而昴宿星团只在黎明之际

东北方的天边低低隐现，愈发黯淡。

我称量了蓝钉，走到柜台前，

购买塑性水泥，油灰刀，手套，

扳手，天拿水——注意到我的一个大拇指

染上了黑色污渍——我无法预报

下一年或下一个小时。百合花粉

沾到我衬衫的右肩上当我

把花卉移出卧室

预备过夜。我尽力将分散的点
连成星图，在晴朗的天气徒步
穿越无边的熔岩，到头来发现
挽诗和颂歌是我们的南北磁极。

既济 ①

1.

玛雅人记录金星在天空的位置，

将可可豆封存罐中与死者

一同下葬。一个女人把三只碗

沾上兔毫釉，送入窑内，期待着

在火红的一刻，移出，置于架子上降温。

当森巴的旋律在空气中挥发，

当笼罩柳枝的光辉消失，

变幻的线条会否组成一个恒卦?

他拉起铁丝网封住花园一角

防止浣熊在夜间剥光玉米穗，

他摘黄瓜，挪动菜畦中的甜瓜——

黄玉米先于白玉米结穗。

① "既济"为《周易》六十四卦第六十三卦。——译注

在这温暖的斗室，他的舌头滑过

她的乳头；她的长发扫过他的脸；

他们沾上这一天中晦暗的铁釉，

烧制每一种情绪，使之达成自身；

当肉眼的视线枯萎，

桃红牛肝菌之浪在松柏树下起伏。

2.

太阳鱼

在蝇虫碰触水面的刹那

出击；

　　你的一生

　　是那不断延长的钓线；

　　　　眨眼之际，

　　　　一颗睫状飞蚊

　　　　在他左眼闪现；

　　喜悦何时

　　点燃更大的喜悦？

这条尼龙丝线

在水下是透明的

在空气中是蓝色；

　　草蜢

　　在高草间休息。

3.

栖在一根光秃秃的枝上，一只大雕鸮

伸展一边的翅翼，在毛毛雨中搔了搔耳朵；

被它散发的饥饿所感染

他砰地关上车门，扣上安全带，拧动

引擎钥匙。此刻他记起有一次

从船尾甩出钓线：他熟谙那咬钩的瞬间，然后，收紧

绿色的尼龙线，船身倾斜；当一条

条纹鲈从水面浮出，他几乎忘记了

呼吸。曾经，他们用五十根

长短不一的蓍草，摆出

六十四卦之升卦。

总有荧荧之光漏过记忆的

筛孔。他们在峡谷中漫游十年

与阿帕奇羽[1]擦身而过。

他清除杂草为了花园里一排排玉米顺利生长；

他清除杂草为了当他亲吻她的眼睫，

当他们爱抚，她发出颤栗的呻吟，

他们的身体铆合，圈画出*此刻*。

4.

一只大蓝鹭

停栖

棉白杨的枝杈；

打一个

特里琳结[2]；

一只红蜻蜓

咬住悬摆的蝇虫

在他还未甩线之时；

---

① 阿帕奇羽（Apache plume），拉丁学名 *Fallugia paradoxa*，蔷
薇科植物，产于美国西南部和墨西哥北部，开白花，果实羽
簇状。——译注
② 特里琳结（Trilene knot），一种钓鱼线常用的强力结。——译注

他眨一下眼，

他们的睫毛啮合；

线

甩出后

从视线隐逸；

天空由黯黑

转至深蓝。

5.

一群渡鸦劫掠崖壁上的

游隼幼雏，而当它们试图侵略

大雕鸮的巢穴，鸮鸟展翅俯袭，

渡鸦激烈如一团团迸裂的黑羽。

在契琴伊萨 [1]，你无须凝视

---

[1] 契琴伊萨（Chichén Itzá）为前哥伦布时期玛雅文明所建立的城邦，今考古遗址位于墨西哥犹加敦半岛。——译注

球场入口处架子上的头骨 [①]

便已悉知他们曾为了生存而缠斗；
当黑皮球从一个人的胯部反弹
射入榫接在高墙上的圆环，

观众尖叫，丢掉他们的袍子
奔逃。那些败北者被捆成一个球，
从石阶上滚下直至断命。

石柱上，一个球员拎起割断的脑袋，
头发攥在手，而那断头的身躯喷出
六根血蛇。你化为一面黑镜：

当一个女人把一根带刺的线穿过
她的舌头，当一个男人用刺魟的脊骨
残伤自己，有什么幻视值得如此？

[①] "架子上的头骨"指球场内两侧高墙上的石刻，其中一幅描绘了球员被斩首的情景。——译注

6.

端起一只兔毫盏，

他不禁赞叹那碗沿的枯叶色；

纵使茶碗被命名为黄昏，

无耻之女，茅草屋——这无名的一只

判若天赐。他看到它内在的

须臾：池水，一个空碗，漫溢，

荡漾的注定之发生。他们精神盈满

穿越那一块狭长的田野

来到他们开垦的池塘：他们铲掉

沙枣树，种上纤细委陵菜，

驴蹄草，蓝鸢尾，紫菀，

泽芹，月见草，猴面花，

大山梗菜，三白草；预想着

三五年后的葳蕤气象，

有几丛鸢尾从淤泥中拔出，

栽至池中岛，已然盛放。

一只牛蛙跳水，鲈鱼潜入更深的水底

避开他们的脚步，此刻，水面上，一只翠鸟翩翩。

7.

他们捕捉到鳟鱼在水底若隐若现，
两条黄色的向远处游曳。

他以为冲上岸的是一只小水鸭的尸体，
仔细看是一尊诱饵鸭。金星上升

并非意味世界的终结。他在院中
收集黄金雨的红叶。

这里是通往极乐的曲径：六条鳟鱼
在水草间排成一列，黄蜂

钻进苹果肉里；棉白杨的树叶
顺水漂流；北极熊从冰层跃下。

他无须发现他们重叠的足印
才会认出已经好几次错过了

那一片长满鸡油菇的空地。
喜悦，便喜悦；悔悟便悔悟；狂喜便狂喜。

他们死时消失于他们的词语；

他们消失，精准地绽放为花；

他们开花，成为喷薄的光；

他们喷薄，活着加速活。

辑三：罗盘玫瑰（2014）

黑耳鸢鼓翼盘旋于头顶——

写在新月之后

每天夜里你凝视西南方的天空

看月牙的银辉逐渐拉长。

新月之时，你脑中

毫无欲望，而此刻，二者同时向世界盈满。

你邻居的田地已经清理好，

而你角落里的一小块地还遍布着枯死的

葵花秆。你仔细查看光秃秃的

从不结果的杏树枝

和从不开花的紫藤，

你的心刺痛，当你听说新年之夜

有少年人闯进陌生人的房子肆意殴打。

池水边，有人把狗从皮卡车上

踢下去。两岸结冰的河水

每一秒都在变换水流。去夏

曝露在外的拖拉机轮胎如今已

埋进淤泥。猫头鹰从白杨树上起飞，

月亮，不，人的思绪

正在从至亮向至暗移动。

河坛^①上火焰吐着黄舌，露出一个人的左脚——

一辆停靠的巴士近旁，一个小孩子在表演杂耍，另
一个打着鼓——

---

① 河坛（ghat），指印度河岸边的石阶广场，人们在此处沐浴或举行火葬和祭祀仪式。——译注

大地的弧度

红豆在筐篮里捕捉阳光——

我们走入一座水牛形的
村庄，越过白色百合花

大步踏上拱桥；沿着依水的住屋
曲折的巷弄连接片片池塘。

缀满猕猴桃的枝条垂挂

月亮门边。我们迈进一幢带有天井
和檀木镶板的两层小楼：

挨着麻将室的小房间里
一张幽会用的床。

一棵黄金雨荫蔽庭院

一隅；凤尾竹排开
掩映马头墙。记忆的枝杈

犹似这交错的
水道：菊花香气

在空气中渗透，但来处不明。

兵士向敌人的战壕发射迫击炮，
与此同时阿富汗的农民停顿片刻又继续

切割罂粟蒴果，收集胶汁。
门房例行检查雇主的草坪

和游泳池。军中来电——

他的高尔夫车一个急转弯跌进沟渠——
海浪冲击黑色的火山岩，

冲击黑色的火山岩——仿佛鞭子

抽打过他的脸。当我们四下寻索

一块散佚的夜光拼图，

我们找到缺失的灵感。
我们接发一只橙色乒乓球

来来回回：饥饿与恐惧
在体内盘升，扭成一根灯丝

把我们加热成铯的辉光。

然而，在不息的湍流中，我们切球削球
反反复复——上旋，侧旋——

历史在球的弧线中擦除。
雪落在银翘枝头没几个小时

便消融。一只红隼在头顶徘徊，

我们张望峡谷，认出洞穴

却看不到一幅金刚鹦鹉岩刻[1]。

昨天，我们从一座方山顶远眺

山谷对面的奇马约，铁皮屋顶

在阳光下闪熠。今天，柳树

抽出一寸新芽；孝衣蝶[2]

沿路翻飞；红翅黑鹂

在啼叫。三月的世界

散叶开枝，但生之将死

以疼痛分裂我的肺：

那阵痛类似冰的形成，

冰之结晶，状如

---

[1] 美国新墨西哥州的国家岩石雕刻保护区（Petroglyph National
Monument）内有两万多幅可上溯至 14 世纪的印第安原住民
及西班牙拓荒者留下的岩刻图像，多为人形、动物形和十字
形，金刚鹦鹉造型为其中之一。——译注

[2] 孝衣蝶（mourning cloak），黄缘蛱蝶的别名，翅膀外缘有灰
黄色宽边。——译注

蝉翼，冰花，浮冰，冰
在中流的岩石边缘

结成，中空的冰，初生的

岸冰，冰随潮水松动。
剪刀掐断白菊的命脉——

黑茶碗的口沿泛出赭红——
水之于西伯利亚鸢尾是否等同于艺术

之于生命？你还没有

系好鞋带——几奈秒，
几千年——塔夫河口的水

轻轻舔舐着流向船屋 ①——
鲱鱼闪闪发光在上升的渔网中摔打——

---

① 船屋（boathouse）指威尔士诗人狄兰·托马斯与其家人在拉恩（Laugharne）居住过的房子，从那里可眺望塔夫（River Taff）河口。——译注

把黑刺李花油涂在她的胸脯上——

屋檐下，词语；崖底，海浪——
它吞吐着 å i å a ä e ö①诉说河中之岛——

与此同时一个老兵在垃圾堆里翻找，
机械手臂在火星上挖掘冰——

当琴弓从 D 弦上抬起，

"生活本不该如此"如是在他耳畔回荡。
湿地上传来沙丘鹤的鸣叫，

从西南方，低低的，
三只忽然跃起又再跌入水面：

它们的剪影在夕光中摇曳，

---

① 我最早从荷兰诗人米舍儿（K. Michel）处听说 "å i å a ä e ö" 在瑞典语里的意思是"河中之岛"。挪威作家 Dag Straumsvåg 追查到这个全部由元音组成的句子出自瑞典诗人古斯塔夫·弗洛丁（Gustaf Fröding）的诗 "Dumt Fôlk"（Stupid People / 愚蠢的人）。感谢 David Caligiuri 和 Connie Wanek。——原注

沼面漆黑镀着银光。

在黑暗吞没一切之前，我想起

那些刻着爱侣姓名的锁头

挂在及腰高的铁链上

循着黄山的一条步道延伸。

她的长发在他胸前拂拭；

他用舌头亲吻她的脖子——

再次冲入大气层，

卫星开始燃烧。一条车河摆动着

流出山林驶向北方。

最后的鹤影逐渐消溶

于夜的琉璃。我放下

望远镜，调整车的后照镜

——我们的呼吸在挡风玻璃上形成雾气。

这庞杂的弦之颤动：

这手，这轻抚，这柔滑的轻纱
擦过你的喉头，

你的眼睫，在这个季节
微小的蚂蚁爬满大黑蚁的躯体

将它们肢解。冰雹

把篱笆里的莴苣打得七零八落；
水从喷洒器喷射，

扭出漩涡。一个老兵的痛感
与一个女孩子的心跳重合

在她掌握一首小步舞曲连弓断奏的刹那。

琴弓拉出一条曲线，
一个圈，狂草，空气中的金刚鹦鹉。一只

红翅黑鹂在黑暗中安窝；

透过我们修剪的枝丫，星光

在大地的弧度上涌现。

车窗边乞讨，一个女孩少一条胳膊——

一只八哥从洒满茉莉花瓣的青铜容器中饮水——

他在神庙门口演奏萨朗琴 ① 之前抽搐了一下，他的
　眼睛看不见——

① 萨朗琴（sarangi），印度一种短颈弓弦乐器，被誉为最接近
人声的北印度乐器。——原注

罗盘玫瑰

1. 北极圈

假如一把 3/4 小提琴的琴弦

在休憩，两副马毛弓

在琴盒中沉睡——

琴盒盛载了湖水的碧蓝

和雪花的洁白；

她在马棚里练习打浪[①]；

雨水连夜溅落

拍击天窗；她在鸡舍

吸入新生鸡雏

的气息——假如闪电

和雷鸣之间存在一把

蓝色的匕首，假如她

[①] 打浪（post the trot），骑马术语，指马匹快步走时骑手随马
身的震动上下起坐。——译注

听到 D 大调嘉禾舞曲而他

在寂静中开车经过骆驼岩 [①]——

她激动随后坠入

睡意的羽浪；她和母亲

玩猜单词游戏时，治疗师

在修补她体内的月亮，

重建她与大地的联结；

她不再奔向极寒的

黑暗漩涡；在他的眼睑后面

绿色的光帘浮动

横越北极的天空；她的一只脚

艰难地踩在马镫上——

假如他肃立于零下十五华氏度，

雪中的一个黑点——她骑在

光滑的马背上找回平衡；

他祈祷一块石英石

放射出发散的光芒；

他祈祷她的笑声必将

成为六月草，参差不齐的

浮冰必将松动融化；

---

① 骆驼岩（Camel Rock），美国新墨西哥州圣塔菲的一座岩石
景观，形似骆驼。——译注

他祈祷，当她在书架上点燃

一根小蜡烛；驯鹿咀嚼

青苔，沿沼泽地觅食

正值这盛夏——

假如她鞠躬时听见掌声

然后将琴弓置于弦上，

假如她决定"这不算什么"，

就让那火花点燃马匹变成

马棚变成山谷变成全世界。

2. 断层线

他向茶杯中倒水：室温下，

杯子呈白色，可是，在微波炉加热后，

在浸入薄荷叶茶包前，

他注意到水面上的杯壁露出

细微的裂纹。当茶杯渐凉，裂纹

消失了：此刻他瞥见自己

身体里的断层线并感受到一只西伯利亚虎

在兽笼的铁条后徘徊——黑，橘，

白；黑，橘，白——
一个和弦反复向他激荡。

他双目炯然，试图压抑那涌动，
但"我做错了什么""我怎么办"

在他的动脉和静脉中抽动。今天他将
在实验室处理钚而避免思考

它外层的铍包壳。他将过往浸入
绵绵的薄荷香弥散于空气。

有时他感觉自己像太空人飘浮
在地球之外扭缠在一根脐带上；

有时他被瞄准镜上的十字星圈住，
老虎的条纹如潮水在他体内冲刷。

3. 微光列车

红翅黑鹂栖于香蒲之地——

今天我从路中间踢开一只马鹿蹄子，

读到吃犰狳的人可能染上

麻风病，但什么人吃犰狳

却不煮熟呢？昨夜你写下，走在

去马厩的路上，你瞥见马儿在微明的

田间。我们赤脚踏上山脊

从坡地上滚下来；在拱廊里喝茴香酒，

品尝土耳其烤肉和酸奶。

我们曾一起研究刻在龟壳上的

线条的凶吉，一起穿过

锁眼形的门走入

池水泛光的花园。在我词语的

空隙间，牡丹花从卧室外的

环形藤架中盛放——的确有牡丹

从卧室外的环形藤架中盛放——

你在水槽边梳头当花瓣片片展开。

4. 兰花之时

兰叶幽暗映衬在明亮的玻璃窗前；
两朵剔透之花膨胀

在一枝花茎的顶端，隔窗望去，
橙色柔辉烘托着杰梅兹山脉。

实验室里一位实验员在准备应答
可能发生的炭疽病毒袭击，以下为

合理想象：狮子鱼在加勒比海域
繁殖扩散，含水层发现了

铀元素，算盘上的算珠
凝结在某一时刻：卷心菜的价格，

挤满鲇鱼的冒泡水池——还有字典里
孢子般的词语：*省水花园，河豚，*

*与世隔绝，泰然。*在兰花之时，
你无比确信自己身在何处，从窗口

眺望窗外，一阵锥心之痛——

在尘世一切的发生之中，此刻，此刻。

5. 窗帘

每一个星系的中心都有一个黑洞——

      你生母的面孔永远缺席——

我们的太阳系有八（非九）大行星——

      你的出生地永远未知——

谁曾预料太阳系

      有五颗矮行星

      而木星的一颗卫星被冰封锁？

三个护士抱着三个婴孩

      走进房间，你的母亲从椅子上跃起，

      一眼认出你的脸。

但愿无人像土星环

      在轨道上发光

      或处于环间空隙；

但愿无人像天王星 ①。

你在白板上画一颗心，一个无限符号，

　　　恒星，对应陀螺仪的角度。

我在夜里拉上窗帘

常常留一个缝隙

　　　供你晕眩，出神——

　　　但今晚我把窗帘拉到底：

我们的行星之核岩浆涌动。

6. 2'33"

地雷在田间等待爆炸——

右车道上，一辆汽车飞啸向前：

你踩下制动器，缓速驶入

左转道，你瞟了一眼电影院招牌

和 24 小时超市：

---

① 原文中木星以罗马神话众神之王朱庇特（Jupiter）命名；土星以罗马神话农业之神萨图尔努斯（Saturn）命名；天王星以希腊神话天空之神乌拉诺斯（Uranus）命名。——译注

在结账台，店员一边扫描一包

八粒装 AA 电池，一边问

你玩大富翁游戏吗；不，不，

而且今夜你运气不错：你不需要

肾脏移植；也没有人拿弹簧刀

卡住你的脖子——农夫犹豫着

要不要在种山药之前步测田地——

他父亲有一条腿曾被炸药撕碎——

你在河床沿岸发现几个啤酒瓶

和轮胎的痕迹但树丛里没有

麋鹿的尸骸：没有恶犬狂吠着蹿出来——

猎户座在基督圣血山上空呼吸着——

你直冲进高速公路前方的黑暗。

7. 百武彗星

百武彗星拖着 3.6 亿英里的彗尾——

那是 1996 年，我们通过望远镜观看它——

在它离子尾蕴含的时间里我们看到蝙蝠飞出黄昏的
　　洞穴——

在那岩洞，我们第一次听到钟乳石滴水的声音——

寂静，回荡——

我们的碰触回荡，开出行迹的花——

彗核释放 X 射线亦留下行迹——

两千英里外，你把书籍装箱，再过两天，你将走过
　　机场安检看不见的射线——

我们在看不见的书里用看不见的墨水写下看不见的
　　记录——

大自然的书我们翻了几页——

我们阅读果园上空的离子轨迹——

苹果花在果园绽放，我们也在那里绽放——

含苞，一个孩子写道，"谜语活了"——

得意，迷惘，惊诧，沮丧，自信，关爱：分钟汇集
　　成小时——

一分钟，光从针孔相机的孔洞穿过——

百武彗星再次经过地球将在一万年以后——

不要紧，此地有灼光——

记录碎片的人相信，碎片即完整——

8. 鹿角的早晨

红翅黑鹂栖于香蒲之地——
今天我踢到沙地上一只鸟翅
它翻转过来，是北扑翅䴕
折断的翅膀。昨日的雨成为

特苏基山峰 ① 的积雪，河流将拓宽
再渐渐变窄。我们走进
一座房子，发现背后的墙上
挂着鹿角。一个十天大的婴儿

张望着，吃奶，入睡；他的母亲
微笑，说她不停哭啊哭啊
任凭空虚溢满，淹没一切。
行为不是植根于情感吗？

我看见在田里摘菠菜的人
身上开出花，粗心的行为
损坏了鸟翅。我们走出房子

---

① 特苏基山峰（Tesuque Peak），位于美国新墨西哥州北部，临
近圣塔菲和特苏基镇。——译注

来到车上，天光比平常

更为明亮。我们不相信
白日之釜会喷射出火焰
但，放眼地平线，明明
有光焰跳跃，为一棵棵树木加冕。

9. 罗盘玫瑰

山脊延绵，有火焰跳跃
衔接一棵棵树冠。我们醒来看到
院子里烧焦的松针；烟雾模糊了
整座果园。是否闭合意味着本义，
打开意味着修辞？治疗师
在校准她的东西南北。
救火员点燃回火以阻隔火势蔓延——
一桶桶的钚贮存在方山上的白色帐篷里。
我们放弃绕道，直穿而行。
她牵马走过马棚，是否闭合的
即修辞，而打开的是本义？
透过天窗她注视月亮攀升。
防火线受控，大火向南北方

纵烧。有时候一棵蓟

即一棵蓟。我们走出桑拿房

扑进冷水里；河床边的棉白杨

如一条火舌蜿蜒。水流在此

披泻而下；她在马背上打浪直至天明。

10. 红呼吸

西天边几朵褴褛的红云——

拉开大门的门闩，我走到田里：

    没有郊狼口衔一只鸡从眼前穿过，

    没有野生的芦笋在沟渠边生长。

夜空中，巴比伦天文学家

    曾记录下一颗超新星

    见证了过去与现在的重叠，

    然而他们没有写下

        那一时刻的心情——

他们无法预知现在。

八月时，我们无法预知现在

那么，从深井中汲水吧——

它的味道

有如溪流盛于锡杯，

我的牙齿沁凉打战。

刺柏的烟扭绕着排出烟囱——

我的眼瞳扩张

当我为你梳头，为你梳头——

我吐出红呼吸：

我们在深夜里再次点亮，

我将顺意而为。

辑三：罗盘玫瑰（2014）

浮雕上，一个裸体女人弓起身子从抬起的脚后跟拔
　　出一根棘刺——

男人们用竹架抬着白布包裹的尸体走下阶梯——

她在脱衣服，右侧大腿上一只蝎子——

男孩炫耀一只用绳索拴住的猴子再用竹条抽打
　　它——

自然光

1.

燃烧着檀木香气的大火吞卷整个尸体——

河坛下方，一个男人右手擎火

走近一具仰卧在木堆上的

刮净的身躯。他绕行五圈，点燃

柴堆：死人的嘴巴张开了。

停泊岸边，我们的小舟吱嘎摇晃，

这吃人的火兽让我们全身僵直。

烟灰缓缓停悬于空气；旅馆房间内，

一个患伤寒的女人蠕动着，

"别让我死"，医生助手

为她注射抗生素。今天，无人

了解暗能量和暗物质

缠绕世界的方式；无人凝视

春日的心形叶片

提醒我们已陷入幻觉的圈套。

有人剪断了隔离旱谷的

刺线圈，沙滩车的压痕肆虐于坡上。

2.

瑟缩在路边的火堆旁——

"我们终究是被紫外线离子化的

尘埃轨迹"——

少年人翘课洗劫邮筒——

大象拖着黑暗在街上笨重前行——

用锤子砸开一个人的脑壳——

一个让步标志被弹孔筛过——

恶性转移至他的大脑——

眼神交汇，

他们荡漾流溢——

一个独脚女孩来到车窗边。

3.

在一段砂岩雕刻墙前，舞者
抬起右脚系紧脚踝上的铃铛；

一个裸裎的女人弯身向后擦拭她的背；
吹笛人舔舔嘴唇开始吹奏。

我们想要入睡，但有只老鼠
在地板上吱吱觅食；黎明时，拉开浴帘，

你发现莲蓬头上裹着塑料，
拧开水阀，锈红色的水汩汩而出。

兽神的形象在脑海中——浮掠，
但一只白鹭可能就是一只白鹭。在张贴着

炸弹袭击警告的玻璃门前停步，我扫视

广场四周拥堵的车辆；你施舍

一个独眼女人，闻到粗麻袋子
散发的红辣椒气味。士兵在大门口拉起警戒，

沙袋上的步枪支在倒 V 形脚架上。
傍晚，有人骑摩托车朝两个女人

泼硫酸，抢走一个手袋。
一个女人用大腿锁住她的情人；

一个仅有金箔衣覆体的男人在打手势——
我们抹掉黏在脖子上的烟尘。

4.

一条水渠的闸门边，一具肋骨笼——

她坐在轮椅上抽烟，
烟圈扩散成一朵食人花——

比特斗牛犬被狗绳拴住——

人终有一死——

他一把火烧了自己的干洗店——

塔尖竦峙酷似喜马拉雅的群峰——

"我不不不能交谈"——

鹦鹉在无忧树上嘎嘎聒噪——

热寂①——

回忆是否意味着解脱?

5.

菩提树上丝带飘动,叶尖
持续拉长;屋檐下,六角形的
蜂巢。有人用手推车

---

① 热寂(heat death of the universe)是猜想宇宙终极命运的一种
   假说,亦可从英文字面理解为"致命的热"。——译注

拖着混合砂浆走向待工的人。

我也曾手持托灰板和镘刀，在墙壁上

涂抹水泥，把金属网固定于抹灰层。

"他们的镶金牙和金戒指随肉体一起烧了"，

船夫说。我们爱的叹息遁入空气，

我的舌头滑过你的锁骨

点亮屋子里的春光。我们的指尖

开闸泄洪：死亡，不，狂热将绽放为

黑夜的紫罗兰，而存在的郁结

将在我们松手之时消解。

当搅拌器停止搅拌，过去的网

松绑：鹤追踪浅水里的鱼；

一个女人把栽着罗勒的陶盆排成一列；

一只苍蝇从乌有中来，撞到窗玻璃上。

6.

你踏上滑冰场，注意到冰面上

凿凿的划痕，然而它们不属于你；

心智是过往之发生与未来

之发生的汇流。向前滑行，

你在切出的弧线中发现诞生之地。

你不必在骨灰上书写"九"

和"四"以切断对逝者的

依恋①；你渴望像三角洲的冲积扇

那样生活。一个男人把一个盛水的

陶罐摔过肩膀，从此释放了

维系生死的暗能量；火光远去

退入黑暗化成烛火

载浮载沉。在这沙漏之地，

蚂蚁搬运砖墙上的沙粒，

堆砌一座座圆形沙丘；

两只知更鸟雏鸟在紫藤花簇中沉睡；

一阿秒②，此处与彼处消散。

7.

从棉白杨上凌空飞起，一只红尾鵟——

刻在砂岩墙上，一个女人在为她的右手

做指甲花彩绘。我们攀着一棵木瓜树

---

① 在骨灰上书写数字"九"和"四"代表与亲人最后的告别，
  这是诗人在印度玛尼卡尼卡河坛（Manikanika Ghat）上看到
  的火葬仪式中的一个步骤。——译注
② 阿秒（attosecond），时间单位，为 10^{-18} 秒。——译注

爬上屋顶，欣赏麦子

在低处的屋顶上铺展开来——后院的
晾衣绳上夹着茜染的粉红衣衫。

一只公牛咻咻甩动尾巴轰然走过
手电筒店铺门前；看似复杂的

最为简单。女孩探进门口的阳光
在石板地上写字。

我们在庭院里喝茶，苦楝树的芳香
夹杂柴油废气吸进肺叶。

我用水管浇灌厨房外的新草，忖度着
摆脱过往

即从未来解脱；日光
斜照，九重葛的花苞

在窗外兀自透明，我捕捉到
那些旋即消亡的我们活过的痕迹。

无限之池水

有人剪断铁丝网以便采集

田野里的蜥尾草 [①]；大红斑 [②]

在木星表面刮起逆时针旋风；

海龟搁浅在白沙滩。天边

一抹玫瑰色浮荡于蓝色之上，

地平线蓝得更为深沉。小孩子拆开

口香糖的包装，问道，"什么是

物质的终结？"随着时间推移，河豚

[①] "yerba mansa" 为塔银莲属下一种多年生草本植物，拉丁学名 *Anemopsis californica*（译者按：俗称蜥尾草 "lizard tail"，也有音译为曼萨草，有点像中国的蕺菜/鱼腥草，均属三白草科），在新墨西哥，人们用它的根茎煮药茶。——原注

[②] 大红斑（Great Red Spot），木星赤道以南 22° 的一个巨大反气旋风暴。——译注

进化出抵抗河豚毒素的机制
并合成它。我试穿了

衣架上的 T 恤衫，但不会在二十个月后
穿上抽屉中你父亲的睡裤。

这一刻，棕榈树的短刀尖叶轮廓生动，
一只黄嘴红蜡嘴鹀从一个落脚处饮水。

长远来看，一天不过是无限之池水中的
一滴。玫瑰色的云边渐渐变白；

有人把云母碎片撒进泥灰
准备涂盖室内墙壁。

平移断层

水龙头在滴水，黑夜沉至零下
　　十五华氏度。今天你审视
学校墙上一张非洲地图
　　对着顶部亚得里亚海沿岸的
"南斯拉夫"字样摇头——边界线
　　起草再起草，何时是尽头？

这一颗你的乌木，那一颗
　　他的琥珀。一条腔棘鱼游过
莫桑比克的深水避开了渔网；结晶
　　在视网膜上悄悄沉积。今天
你看见田垄上一块长条塑料
　　吹拂着，像尸衣裹缠住榆树枝。

V形水草剪倚在
　　门廊边，我不免思索事物

何以演变至今。一个热爱旅行的

　　密尔瓦基 ① 年轻作家打来电话——

他曾攀越喜马拉雅山，对将来

　　不知所措：尼泊尔内战时，

他与以色列背包客抽着烟

　　在空寂无人的旅馆彻夜闲谈；

现在圣母峰上的雪融了，

　　登山者的遗体和垃圾同时曝露。

鳗鱼在黑暗中发出幽光——苦闷。

　　他手中的珠子磕碰着，*何为生，何所往*。

---

①　密尔瓦基（Milwaukee），美国威斯康星州最大的城市和湖
　　港。——译注

她从浴池中走出来拧干她的头发——

在一片瓦砾之中一块残破的狮子图 [①] 清晰可见——

一队战象经过，女人别过脸去——

两个男孩在车窗边讨到了红苹果——

我们在内院伴同稀释的蓝墙喝印度奶茶——

---

① 狮子图（leograph）指神话中的狮子形象。——原注

热之迅即

1.

"严禁入内"钉在一棵杨树干上，
但没过几天就不见了。你曾看到

一堆绵羊骨丢弃在通往河岸的
土路上；听见旱谷里传来枪声

然后转身向上游走。高速路上，一台皮卡车
紧随一辆新车，弯道边的红色塑料花[①]

渐行渐远。斜照升高，
有男人踉跄越过林边的荆棘丛

---

① 美国新墨西哥州有个传统，为了纪念因交通事故往生的人，
在出事地点路边种花以表达对所爱之人的思念。——译注

朝镇上出发；你计算着抵达药房的时间
以回避那些前来搭讪的

犯了毒瘾的女人。一所高级中学的入口
拦了一条铁链；

赌场的停车场已点缀了零星车辆。
在毗邻的保龄球馆，有人打出

一个全倒，但是春天不会在室内为你引路。
你听见硬币哗啦啦响——人们

纵情放空。你寻找着出口，
却发现一直在迷宫里辗转兜圈。

2.

我们站在方山边上，双目追随山路
跨越山谷朝泊德诺①方向蛇行，
猎人曾在那里收集燧石。新月

---

① 泊德诺（Pedernal）指泊德诺方山，位于美国新墨西哥北部，
名字在西班牙语里意为"燧石山"。——译注

与两颗行星在愈渐深邃的天空浮动；

我探进风中感到一个天体

正在形成。石盆前俯身，

舀水，品尝。我倏然明亮

仿佛新叶从枝上逶迤而出。

一个孩子捡拾蓝色松针，

吸入大地的清芳；工人

钳断铁丝，把金属网钉在防火墙上。

我们第一次交谈时，时间的棱角磨平：

仙女棒火花四溅——

它们熄灭的一瞬，钻入我的指尖。

不完美之美在于，陶匠

微微捏住碗沿将它倾斜浸入

第二层釉彩，于是，在烧制之后，

碗面呈现一个新月般的兔毫镀层。

3.

    我曾在显微镜下观察藻类，木栓细胞——

        白头海雕立于防波堤的尽头——

绵羊的尸骨横在旱谷入口——

他种植莴苣的那一晚，天下起了雪——

一个女人阖上双睫再也不会睁开——

　　　一只乌鸦在树杈上落稳——

河口的冰发出迸裂的脆响——

　　　有六辆车停在私家车道上——

神秘的等高线变幻莫测——

思考是一回事，领悟是另一回事——

一些石灰外墙还欠缺一层油漆色——

　　　山茱萸开花了——

圆锯的嗡鸣声穿透了夏日的木栓层——

从她失踪的那一刻，他注定将颤栗不止——

4.

走出赌场，你眨一下眼，仍有光
从玻璃上弹射。"请不要接受

萨曼莎·克鲁兹的支票"张贴在
酒品超市的告示板上。迷失方向

是一条绳子留在你手上的灼烧感：我们是
围着鬼笔科① 的绿苍蝇吗？还是时间的分枝上

抽出的叶芽？你一眨眼：
有人拉开一枚手榴弹却失手

炸了自己。你眨眼：有人
在印第安事务局大厅吼叫"开除我吧。"

你眨眼，薰衣草的香气从窗口

---

① 鬼笔科（stinkhorn），一种真菌，顶部孢体黏液会发出臭味，
吸引苍蝇等昆虫叮咬，助其繁殖。——译注

灌入。你潜游于阵阵海浪之下，

浮出水面时眼睛感到盐水的刺痛。

有一次你在大火烧过的林地搜寻羊肚菌。

一个失业的木匠为女儿打制了

一架竖琴；你从那四十六根调紧的琴弦

听出渴望，爱，慰藉。

你无法弹拨，但情感在罗织激荡。

5.

弦之震动

　　　谱成物质和力——

　　　　　　当我在地下铁的十字转门

　　　刷磁卡，人潮

从闸门间汇涌

　　　　流散；人永远

从门的两边

汇涌流散——永远？

 我把铁屑撒在一张

纸上，我让此刻的磁场

 有迹可循。

 打烊时间，

餐厅老板

 备受煎熬预感一个黑衣人影

 将冲进来用一把枪

 顶在他胸前，但是今晚

人影没有出现。在这个世界，

 我们盯着罗盘上旋转的

 磁针然后闭着眼睛

定位。黄昏时

 我们的指尖镶上一层光边，

 我们的五十四根手骨

 镶上一层光边，

而热之迅即

　　如同春之雪融在松林间

　　　　汇流成一条条水瀑。

昼夜平分点

落潮献上橙色和紫色的海星。

对辐射我无须特别解释，

　　　　　　但在雨水蒸发过后

松针熠熠发亮。

我们从中庭看月亮的银贝浮升，

于昼夜平分时在它的辉光中沐浴。

历经所有星光的潮汐，

　　　　　　我们惊觉

　　　　　　消长枯荣带给我们庇护。

在荷马 ① 城边的滩涂上，

---

① 荷马（Homer），美国阿拉斯加州的一个城市。——译注

我捕捉到海浪退却之前那一瞬间的颤抖；

而你，从洛亚诺克 ^① 带来

        如玉生烟的柳枝。

我们满世界转徙回环，穿引

        如线。那不断舔舐的浪

淹过一大片礁石上簇生的贻贝；
若要形容那未说出口的，

        连翘在我们怀中抽芽开花。

---

① 洛亚诺克（Roanoke），美国弗吉尼亚州的一个独立城市。
　——译注

结束一场亚洲之旅返回北新墨西哥

茶师用镊子细察一颗颗小圆粒，

指出它们之间色泽的差异，然后把碟子

推到一边。在另一家茶店，老板娘

用红茶涮洗一个圆筒状的茶杯：

我们嗅闻，点头，从第二杯中啜饮——

雪中兔子的脚印开始在我脑中

奔跑。一次宴席上，我吃到一个

类似香肠的东西，被告知，"那是鸡的睾丸。"

两匹马依偎在光秃秃的杨树下。

一个邻居将水注入椭圆形容器，

可是第二天，沙色马踢得它当当响。

臭鼬和浣熊影迹全无。

终止全球饥饿项目后来怎么样了？

在安徽，被喷砂机磨掉的革命标语

在墙上留下隐约的轮廓。当

一阵风吹动台湾一座松园里 [①]

松枝的芬芳，西薇皱起眉头，"神风特攻队

飞行员的最后一夜曾在这里纵酒淫欢。"

---

① 台湾的松园，指位于花莲美仑山的松园别馆，相传二战后期
　　日本神风特攻队（Kamikaze）曾在此聚会，度过出征前的最
　　后一夜。——译注

麝香绒

犬吠声自有用途，还有蜂蜜
和鱼叉。因纽特人用麝牛

的底层毛，麝香绒，制作
围巾和帽子。事物意想不到的效用

如同微积分学：炉边的瓷罐里
放着一把木勺，上面黏着番茄大蒜

和香菜土豆汤的汤汁
及味道；它有裂口，

有灼痕，有人手把弄的油印。
阿司匹林从柳树皮中提炼，

但蝴蝶的翅膀有什么用

除了对蝴蝶而言？一枚

别针的重量等同于一百张
邮票，而词语经过深思熟虑

清晰的表达，可以弥合水上的裂痕。
一个无法说明的苦痛仿佛一条渐近线

贴近明亮的言说：它越靠
越近但始终差一点点。当它

退出视线，词语杂沓浑浊：
金星，一个黑斑，从太阳表面飞过。

背光

你摘下一根枝丫上倒数第二颗苹果；
赞美成熟吧，赞美钩在你鞋带上的
那枚刺果，它使你停步，

思索，中途折返。棉白杨
已绽出黄色火焰；沟渠边，
有人倾倒了一堆屠骨。

我们看到红砖门廊上白色的排泄物
转身抬头向五只鸣角鸮，
它们安歇在幽暗的房梁，背光

从紫藤叶帘透射。铁门外
一只短尾猫叼着一只野兔奔跳而去。
你多么向往日本红枫

叶隙间涌流的日光

但此刻只有片状闪电——

从你的脚趾流到指尖流到发际。

一个气场分析师匆匆写下你七个能量中心的颜
色——

一辆巴士从后面撞上一台摩托车轧过骑车人和他的
载客——

为了一个带轮子的迷你大象讨价还价——

大门边的木瓜树结出了木瓜——

点亮的蜡烛颠簸着流入下游迂回的黑暗——

一个裸体女人在她的右眼皮上涂眼影——

无忧树新生的叶穗在墓园里有气无力地垂着——

碎纸花

撕裂，涂擦，揉皱——扯碎一张纸：
你可以制造一朵稍纵即逝的橙花
在它瘫成一堆碎纸之前。
夜里，一个司机转错了弯
撞破围墙犁进邻居家的饭厅；
另一位邻居，每天两次，用碎冰锥
凿冰，她的马儿们低头
从马槽饮水。黎明的树枝
粗火石一般刮擦着玻璃窗；
在我目光停落的地方，曾有个女人
坐在她的织机前把梭子来回穿过
转换的梭口，听上去像针尖
划出虚空的火花。昨夜，
当冻雨叩击天窗，我们迁移
从低压到高压，气流外扩：亦如

榴霰弹砸下一地空洞，翻转的汽车
在草地上播种亮晶晶的 CD 碎片。

光谱色

钱德拉望远镜侦测到

被黑洞吸附之前

某粒子的 X 射线发射,

然而请你把双眼固定在地球。

六十岁, 你不再惊异于

青苔上翩然莅止的

绿蝴蝶——

转换视线它随处可见。

一只大蓝鹭降落

于池中之岛, 撩起

一切情感如白光中

波动的

光谱色。你驱车前往

　　洛斯阿拉莫斯 [①] 的方山，

　　　　窗外闪过一团黄色影子，

那里曾有一棵棉白杨被链锯截断

　　因为他们发现

　　　　他们的儿子吊死在它的枝上。

你把龙井茶叶均匀撒进

　　玻璃杯，加入沸水，

　　　　叶片舒伸之时，啜一口。

---

① 洛斯阿拉莫斯（Los Alamos）位于美国新墨西哥州中北部，在西班牙语中意为"棉白杨"或"杨树"。二战期间承担"曼哈顿计划"的洛斯阿拉莫斯国家实验室设于该地。——译注

玻璃星座

254

窗与镜

一只瓢虫沿着铸铁椅子爬行——
池塘中荷花初绽
半透明的粉红——你徐徐走过
一面植物展示墙，想起有人

为了逃避征兵练习口吃
但再也改不了结巴。
黄蜂在捕鸟蛛 [①] 的体内产卵；
壁虎灵敏地躲进户外烧烤炉。

你咬了一口竹签上的
炸蝎子：当你父亲把手伸向
吸入器，你的母亲
停止了呼吸。泛着绿彩的

———————————————————
① 捕鸟蛛（tarantula），也称塔兰托毒蛛。——译注

蝴蝶钉在那面墙上——

一道彩虹正在攀越一座岛——

路过一株爬着蚂蚁的九重葛，

你发现窗与镜

隐藏在时间的折射率中。

地板上有衣服堆叠的痕迹——

白色缅栀花静卧绿草间——

孵化的黄蜂食用捕鸟蛛。

午夜的潜鸟

窃贼潜入一间公寓洗劫了所有抽屉；
没搜到任何首饰和现金，随即逃离，

还来不及关掉洗衣间和浴室的灯——
他们从自己逃遁。我听到摩托车

远逝的呼啸，浮云冷若冰山；
铺满碎石的庭院是午夜的花园，

像在日本，耙理平整的石头仿效月光
下的海面，那些打转的漩涡，荡开的涟漪——

然而事物并非总是表面的样子。
当我拉开纱门的插销，一条蛇

迅速滑入失修的露台底；我看到

玻璃窗上锯齿状的洞，窃贼

曾从这里伸手进去，可惜没人
留意到雷雨中的杨树林更加幽暗。

借着月光我注视云的涡流
飘过庭院，飘过土坯墙

和大门，没有潜鸟，
但有潜鸟的啼鸣隔水传来，划过空中。

单刀直入

对准那张盘丝错乱的网

你猛地扣下一个倒置的花瓶

但，并未如愿罩住那只黑寡妇蜘蛛

而是在玻璃撞击地板的刹那

砸到它。你的手指抚在

思想的弦上：你无法在静寂中

掌握静寂—— 一个无心之心思

渗透了你。在麦德林①，

一个男人记得人的脸孔但想不起

昨夜写下或说了什么；烦恼着

不断拓宽的深渊，他跳进 X

寻找答案却浑然不知这或许会

加快他的终结。挪开花瓶，

你勘察地砖上蜘蛛的细腿，

---

① 麦德林（Medellín），哥伦比亚第二大城市。——译注

黑寡妇的身躯烂糊一团

黏在玻璃瓶里。*昨日复今日，*

*那人写道。*他的眼神单刀直入，

一瞬间，你成为网中的蜘蛛。

触觉的半径

我们乘坐缆车飞越花岗岩的崖壁

一览阿布奎基灯光的涟漪

和西面的火山群。从顶点俯视，

峰峦的圆周在我眨眼之间

消失；而我已抵达此处，所有线条

从一个点发散。黑暗脱尽叶子，

我无法分辨栾树

的枝干；在触觉的王国，

烛光忽闪而后火苗稳定。

日子有时如风沙刺痛

我的双眼；有时如米粒静盛于玻璃罐。

松茸菌丝在赤松根部

结网，我们的叹息交织捆缚。

系挂在绳索上，我们悠悠升起

穿过潮湿变暗的空气，四周

似熔蜡瓦解了距离。

这里是气味王国，鸡油菌

在我们意外发现的空地上再次繁殖，

并且，当我眨眼，所有的线相交一点。

草篮里耸起一条眼镜蛇，一个男人正要吹奏一件球
　茎形乐器——

火焰吞噬每一具尸体，燃烧的形态各异——

菩提叶的叶尖持续拉长——

白盘子上排列成一个星子，五颗枣——

露台上一片漆黑，抽烟的人凝视苦楝树——

金黄色他的头，赤红色他的性器——

一个女人光着身子从小圆镜里端详自己——

日出时，女孩用火钳在灰烬中搜找——

河边，男人和女人在石头上刷洗衣物——

展开的中心 ①

1.

绿茶叶在黑茶碗里：

　　碧螺春 ② 即将舒展。

　　　　我的鼻孔外张，用力吸入：

期望播种——

　　我们栽下两排

　　　　向日葵，开车去科罗拉多——

没人能改变救护车

　　到达的时间，

　　　　动脉膨胀；我从未见过

①　2013 年 12 月，《展开的中心》组诗与艺术家 Susan York 创作的 22 幅石墨画在圣塔菲艺术学院举办联展。——原注
②　碧螺春是产自中国江苏省洞庭山地区的绿茶，早春采摘，叶片卷成紧密的螺旋状，外观似螺肉。——原注

辑三：罗盘玫瑰（2014）

一百只乌鸦

　　　　聚集在河上，

　　　　　　秃鹫在头顶盘旋；

没有尸骨，没有腐臭；

　　　　怒气从他身上辐射

　　　　　　像匕首在阳光下晃动；我坐在

河边，上游是一条更大的河：

　　　　三只秃鹫从棉白杨的树杈上

　　　　　　伺探我的动静；

周身荒草，我剪下

　　　　两柄硕大的葵花，

　　　　　　花茎六尺，阿帕奇羽

在大门边绽放；我们醒转

　　　　继而拥抱，拥抱继而醒转，

　　　　　　我的手指与你的

手指啮合。鼻孔外张，

　　　　　我用力吸入：时间，*时间*

　　　　　　　在我手掌的碗底流淌。

2.

一只黑颏蜂鸟的雏鸟

从蛛网和苔藓筑就的巢中

露出尖嘴和尾羽。

成年后，它将飞越海岸线

与高地间的千里之遥。

你曾游走于香料市场寻找一种茶，

从一座陵墓入口的锁孔向内窥探

发现记忆的突触

染有烟熏之气，花香之气。

猫头鹰不再归返

旱谷岸边的洞穴：每值春季

大片野鸢尾从田野中复活。

我们靠在柏木长凳上，观看

烟花炸出金色的矩阵

撞击我们呼吸的落潮。

萤火虫擦亮渐暗的空气：

欲望从亮光中彰显，这里，在这里

交织的虚空怀抱无限。

3.

——可恶，我正走在地狱的屋顶上，我需要

    一根烟，我**并非**拖拖拉拉之人，但这根吊臂带

缠住我，我的~~胳膊无法动弹~~打火机在哪？

    我步~~履蹒跚~~心烦意乱开不了车，我就是一个

      废物

倘若我不能扬起这斑驳的鱼饵

    将它甩至碧波之上；可恶我多么想念

佩科斯河 [①] 上那道河湾，我向往玻利维亚：当我从

    箱子

    取出那条墨西哥披毯用手指滑过

它胭脂红的纬纹摸着那领子的开口，

    我的大脑被洪水冲击，绞死我算了；

[①] 佩科斯河（Pecos River），美国西南部的河流，源出新墨西哥州。——译注

我需要再抽一口，假如在夜里我的脚趾

　　不能从被单下移出保持松弛，

我就无法入睡，假如我无法入睡，我便无法~~飞钓存~~

　在——

　　我想要在特拉弗斯湾 [①] 附近驻扎

那里的溪流闪耀着~~割喉鳟~~虹鳟；

　　然而为何，我正从这肉身皱缩？

~~放我出去，~~这里本该是天堂，

　　我却只能折返，默默把柳条织入

那个阿帕契人的编篮，~~头顶开着灯~~

　　~~我无须眯起眼睛，~~一切都将被修复——

4.

我从一棵杨树上割下秀珍菇

---

① 特拉弗斯湾（Traverse Bay），美国密歇根湖东北部的湖湾。
　　——译注

然后在下一块林间空地撞见

啤酒罐和塑料袋。

我们无法摆脱自身；我们跃过

四角落州处 ① 的边界线，

什么也没发生。一个点即一个终止，

一次交汇，一个孢子，圆圈的中心，

又或者——"我蜜月期的内裤哪里去了？"

一个女人喃喃自语，在她的包里翻找——

一个面向任意方位的航向的起点。

5.

哈勃望远镜能辨认出一万英里外的

一只萤火虫。意识之网无穷大

缀于其上的宝石彼此吸纳

反射。一只母狗舔着它的毛，一只绿苍蝇

从里面爬出来；无家可归——交通灯下一个少女；

---

① 四角落州纪念处（Four Corners Monument），位于美国科罗
拉多高原西部，是亚利桑那州、科罗拉多州、新墨西哥州
和犹他州四个州的交界点，也是全美唯一一个四州交界点。
——译注

他烧起壁炉里发黄的雪松木，

船屋倾斜了；他们堕掉一对双胞胎，
他被迫把他们埋在湄公河畔。

浴室地板上铺着鱼骨纹花砖。
呼气：春天的冻雨在这里爆发。

我们光脚踏在这世界的余烬上，凝视
鸢尾花；她调整了一下光，从他的牙齿上

剔下一块牙垢；他呷一口碧螺春碰巧
察觉到结晶：他们扯下对方的衣服——

苹果切片蘸上蜂蜜，他们咬下第一口——
吸气：这里的冻雨在春天爆发。

6.

你点燃一支香茅蜡烛，似乎蚊子
闻不到你了。一个邻居分析风向
以便在受到脏弹袭击时

做出反应。湖面漂动焰火。一个男人

被确诊为帕金森症，通知妻子

腾出他们家的空壳。

我的举动是否未经肉身？你赞叹

绽放的红薯草，但一个孩子顺手

把它连根拔除。长了动脉瘤之后

修复篮器的人拄着手杖参加

他前妻的葬礼；他的手腕有烟升起，

他低声吼着，"化成风吧，这火。"

鸡腿菇从沙箱边的草间冒出。

女儿送给父亲一只锡制火烈鸟。

夜里，一只浣熊拉开有机肥桶

的盖子，吃着。在第一缕光

拂击枝上的杏果之前，

你描摹这有形世界人的举动。

7.

一把斧头砸烂了珠宝展示柜

　　　他从碎玻璃中

　　　　　抓起一条项链奔逃

至无迹。于无迹中

　　红萝卜从冷冽的空气

　　　　拔出，棉白杨展放枝条

以黄色火焰点缀河岸；

　　于无迹中热带雨笼罩

　　　　四千人的圆形剧场，

雨伞下摇荡，唱诵着

　　诗，诗[1]——极左端

　　　　与极右端的湍流洗刷阶梯：

越南语，英语，印地语

　　和西班牙语的臭氧层。

　　　　一束温暖的蜡质光辉

流淌过他们皮肤

　　缠绵的粗绸；昨夜

　　　　他端详她眼睫的弧度

---

[1]　"诗，诗"原文为西班牙语"poesía, poesía"。——译注

在她沉睡之时。一只小蜘蛛

　　　在鱼竿和温控器之间架起

　　　　　小小的网；生物学家

思索着水螅接续水藻

　　　接续蛙类将在火山灰

　　　　　覆盖的河里重新繁衍；

秃鹫撕扯水牛身上的肉；

　　　某处一只恙螨的活动

　　　　　成为丛林斑疹伤寒 ① 的媒介。

8.

建筑师构想一座矩形水池，

石嵌，透过三面墙壁上

从脚踝到膝盖高的玻璃窗

刚好看得见水波映射的天空。

望向东方敞开的空旷，你相信

这梦境的切口不可复制。

----

① 　丛林斑疹伤寒（scrub typhus），亦称恙虫病，是一种由恙虫
（chigger）传播的发热出疹性疾病。——译注

有人打了个喷嚏；一个外科兽医

骑自行车上班，被一辆汽车撞飞

陷入昏迷。你调整毛笔

的斜度，墨迹的走向，

想起有一次把茶碗摔到

路边又努力把碎片

重新黏合。此刻有锤头鲨

在你体内打转；火山状的积云

蕴藏时间的真相；一个司机

在红灯前急刹车，后面追尾的

司机朝他叫骂，"他妈的！"①

9.

——请踏上那条板石小径：没有

　　入口，前方是另一堵空白的墙——

我需要更多的墙来摧毁墙——我企望

　　施人以杜鹃花红柿子的空虚——

点燃他们的内心：倘若我安装

---

① "他妈的！"原文"Horse piss!"直译为"马尿"，骂人话。
　　——译注

一扇小方窗在靠近地面的墙角，

　　倘若有水从悬臂支撑的屋顶

溅落到池塘，你看见听见——等待：

　　我的祖母正用她抹茶的

手势说：这怎么会是公园

这埋葬着骨头和牙齿的草地——

　　我对待浇铸混凝土

必须像对待~~海胆~~纸屏风——一条白卵石的

　　小路引你绕过另一道~~水泥~~隔墙——

一切无外乎墙，光线，以及如何压制

街道上的车声和喧嚷——有人

　　在我家隐秘的门前贴了一张

"禁止隐秘持武"的告示——我反对

　　刺刀——我需要一把无须转动的钥匙——你来到

一座~~圆形~~椭圆形莲花池，然后，从那中央——

~~蘑菇在肉眼的世界醒来~~——

　　阶梯缓缓旋降至入口——

你走进~~四室~~玄关，面对

　　一片空白的墙，坐下，然后，日落时，有光

渐渐沉落并从背后擦拭你的肩膀——

10.

透过那些心形的叶子，天空

渐渐亮了。我们睡着时，一辆卡车装载钚

从高速公路上隆隆驶过。

清晨六点的柳枝摇荡，

我在波浪之巅倾斜。我将倾斜，当我用耙子

平整碎石，解下盘绕的水管，拧开水阀。

多么绿啊丁香和柳树的叶片；

现在我用舌头舔舐你的伤疤，

我们的叹息串在一起，结成一根燃烧的烛芯。

灯影映照在玻璃窗上

与窗外的心形叶簇叠印。一尾小嘴鲈鱼

与池上棉白杨的倒影

吻合。在等待中疼痛，欣喜

绝望，渴盼，焦躁，回旋，绽开，释放

一个空无的中心在展开。

当我的气息潮水般呼出，我倾斜。

11.

"死了？怎么会？"

　　女人啜泣着

　　　　当飞机滑向闸口；

火焰在水面延伸；闭上眼睛

　　蜂鸟的翅膀飞速扇动；

　　　　借由此道

我们生活：喜悦，悲伤，欣然——

　　草菇

　　　　在肉眼的世界醒来；

丛生的一枝黄

　　覆盖了将军全部的梦；

　　　　河水的分流汇入主流；

翻修一座房子① 提供庇护，

　　再翻修一次，橱柜

_____

① "翻修一座房子"一节从圣塔菲建筑设计师 Trey Jordan 的一
篇访谈而来。——原注

打开，红酒杯注满，狗儿欢叫，

人们有说有笑；
　　沙丘鹤盘旋
　　　　降落在一片玉米地；

我们是彼此的安培；
　　巴士停靠：一个孩童下车，
　　　　走在红土块的路上：

视线所及无一物
　　从四面八方；
　　　　玫瑰之火在皮肤下点燃，

蜂鸟的翅膀嗡鸣；
　　一朵玫瑰之火，
　　　　视线所及无一物，从四面八方：

辑四：视线（2019）

地书 ①

1.

一只绿龟浸在汤里被端上桌来——
我盯着水池上岩石
不规则的形状，水面，
一轮月。当我来回走动，

月亮从缺失到圆满
再到缺失后归于空无；但天上

没有月亮，只一轮倾斜的太阳，
瘦西湖畔，杨柳新叶，

---

① "地书"（Water Calligraphy），在中国，常有长者在清晨来到
公园，用毛笔蘸水，在石砖或人行道上写书法，字随着水的
蒸发而消失。——原注

一个公寓社区外停满了车，
在鸟鸣和汽车喇叭的

背景中，两个女人在吵嘴。现在
是正午的午夜；我听见电锯转动

偶尔有木料撞击
水泥地的声音。茶杯底部，

茶叶组成"个"字，
呷一口，变成"八"字。

剪成一块一块，那只绿龟又被端回
桌上；众人品尝之时，

一缕缕丝线在我的肠胃绞紧
再绞紧。眨眼之间，一位版画雕刻师

在梨木上削刮，一刀一刀，
汉字从空无的前景中展现。

2.

地铁上乞讨，一位失明的少年人和母亲摇摇晃晃穿
　过摆荡的车厢——

一个女人点燃一把香对着一尊香炉鞠躬——

人们环绕那棵九龙柏，伸手向天——

谁知道一个正在剔牙的西瓜小贩在想什么？——

你站在院子里抬头透视层层核桃树叶——

牙齿嵌入一块腌渍的藕片——

鼓楼上，曾有水在铜壶里
上升滴落，时间被如是记载——

石榴花在高速路旁绽放——

爬到塔顶，你俯瞰修复的城墙——

一只孔雀长鸣——

总有麻将牌的撞击声从门后传来——

塔中，一男一女在织机边织锦——

把烟头按熄在小便池上，巴士司机急匆匆返回——

乐人手中两支木棒，越敲越快——

即将进入转盘路时，汽车喇叭疯响——

扇子从面前滑过，演员的黑脸变成了白脸——

一个小孩子在王宫的四合院里蹲着大便——

起重机的黄色吊臂在高层公寓楼顶挥动——

女人把缠有绿丝线的梭子丢过梭口——

我们的下一站是哪里，你思索着，顺手拿起一颗荔
    枝开始剥皮——

3.

闪电点燃荒野的大火：几小时后，

200 亩，继之 2000 亩的火海；当救火队

徒步抵达开辟防火道，一场暴风刮起

扭转了大火的方向，他们被围困，

避火罩变成他们的尸袋。

山上的矮松有红色和黄色的针叶——

一座竹园里，一个女人把焦糖

滴到盘子上，在它变凉之际，黏着一根木棍，生成

蝴蝶的形状；一个穿红绸裤的男人保持静止

随后以鹤的姿态缓缓移动。

一滴水挂在一棵蕨类植物的叶尖——水

漫溢到下一个铜壶；你仿佛看见

火焰以 50 英里每秒的速度吞噬他们。

在西部，野火给每一个夏天留下疤痕——

水珠凝结在吧台啤酒罐的外表——

你绝不会想目睹石油罐的爆炸；

你想在这尘世上生根，然而总有嗞嗞的烤炙声

沿着刀片刺网发出，沿着那扯断的电线末端。

4.

两只幼鹿在庭院里咀嚼树叶——

我们爬上明珠塔，透过烟雾

凝望沿河的货船。

风暴聚集：雨和冰雹

骤临两位峡谷里的徒步者；旱谷

湍流奔泻，他们蜷缩着，过了一个小时。

雷雨之后，你是擦着的花火

吸取并点燃世界的蜡——

鸵鸟和鸸鹋蛋盛放在门边的竹篮，

空气中有孜然和胡椒粉香。

我嘴里起了水泡又自行愈合。

我们围着柚木桌子与亲朋

共享黄金蟹，但，在我掰开

蟹壳与蟹钳之时，我听见山林里

被枪击伤的麋鹿。印第安划艇人

得到许可方才登陆；他们把船头

挂着发黄松圈的木艇拖将上岸

然后跳上公车前往露天广场的帕瓦仪式[1]。

---

① 帕瓦仪式（powwow），北美印第安人的祈福与敬神仪式，族人也依此机会相聚。——译注

5.

…………

6.

茶叶在杯中拼出"上"和"下"——
透过厨房的玻璃窗，紫藤花

在五月的阳光中递出小枝。
有什么在我们内心展开？我们现在围坐的桌面

原本是泰国的一只轮子：一个铁轮圈
定义了它的边沿。壁炉架上，

火焰在金属杯底跳耀。
如同辐条之于轮毂，厨师在清理河豚：

海龟搁浅在白沙上：僧人耙理着
庭园的碎石构成起伏的波纹：

深巷传来男人骚动的呜咽

在一夜狂欢过后。假如时间从远古汇集于此

如同光之于恒星，那么全部的可能归于当下。
在红色镶边的热里，我浇灌桃树；

你烘焙意大利翠玉瓜煎蛋；水牛
啃食田间的嫩叶；冰雹砸毁了莴苣，

而当一个农人徘徊着计算损失，
一只郊狼溜过公路，钻进铁丝网。

7.

字母 A 曾是一个颠倒的牛头，
但现在，我写下它时，仿佛两只脚
从大地上拔起耸立于一点。

一次① 是一窥英仙座流星雨——
当情感屈曲空间，我发现一个星座
在目不可及之处伸展。

---

① 英文中"一次"（once）也含有"曾经"的意思。——译注

一个邻居送来黄瓜和罗勒；
你打开袋子，吸气，里面的世界
蕴藏着夏至夜晚

院子里的火；我们誊画了此地的时光
并将怀念卧室外那一排
依傍围栏而弯曲的竹子，牡丹花

垂向大地。一个管家再次疏通
灌溉渠的开口；水流几乎淹过
标志我们地界的柏木桩——

山林里，麋鹿的尸骸分解
化为腐臭的鹿角和骨头。很快
便会有鸭子在湖心岛筑巢，一位

给臭鼬喂食的退休小提琴家留下的遗产——
绝非她所期许——我们折起这荒谬
揣进衣兜，随身携带。

指针向北

正当罗盘指针的蓝色箭头
静静指向北，你盯住一支铅笔

削尖的笔端，一头小皂石熊
背上系了一小块

绿松石，盯住那任意的纹路，
土坯墙上斑驳的稻草；

你细读银白杨的枝干
和枝干间的空隙，随着光标

一闪，你处于
失落的边缘——人们最后看见美西螈

是在二十年前的霍奇米尔科湖；

一只美洲虎漫步希拉国家森林 ①

褐色的树丛——
然而，随着光标一闪，你猜想

那是一个弧线的碎片——秒差距
的可视化——你坐下来，

天生的弱点
把你引向一个丢弃在路边的

倒空的扁酒瓶，以及从未酿造的
在你血管中悸动的未知。

---

① 希拉国家森林（Gila Wilderness），位于美国新墨西哥州的国家森林和保护区。——译注

——没人预想到蒙蒂塞洛^①相隔迢迢——

韦斯特伯恩街 [①]

门廊上的灯照亮了白色台阶，有光

    守候车库大门，但窗内漆黑——

黑暗暴露出无常。

    吹制玻璃的人在塑造一匹后腿站立的马，

它在底座上变形，从灼灼的橙色

    到闪光的水晶；突然爆裂

碎成马腿，马头，马身，马鬃。

    午夜，"太他妈蠢了！"一个女人嘶喊着，

震动整幢房子；树篱旁边，

    一个男人在睡觉，大衣蒙住头，腿伸在外面；

而，在早晨八点，牵牛花

    攀着栅栏绽放；一辆铲斗机朝街上开去。

[①]　韦斯特伯恩街（Westbourne Street）位于美国加州圣迭戈市拉荷亚城镇（La Jolla）。——译注

望向这扇窗外，他注意到香蕉树的叶子，

　　　一棵橘树结了五颗橘子，屋顶上

瓦片层叠，一道台阶引向

　　　二楼的公寓；远处，棕榈叶，

更远处，爬坡的街道，大海，天空；

　　　但哪一条视线引我们向真理？

云手 ①

一个女人在完成一个云手的动作，

    保持姿势，转动

一个隐形的星球——砰然，玻璃粉碎，呻吟声，

    喇叭狂奏——众多世界

包含于这个世界——两个男人

    在一个河口

用抄网捞捕红鲑——屋顶上，一只海鸥

    嘎嘎啼叫；

一个女人在完成揽雀尾的动作——

    有人躺在担架车上

---

① 《云手》是为 JoAnna Schoon 而作。——原注

被推进玻璃门——一株沙漠五点花 [①]

从河床上升起——

而她用舌头抵住

上腭，

集中注意力，在近处，在悬铃木

叶片的交响中。

[①]　沙漠五点花（desert fivespot），学名 *Eremalche rotundifolia*。
——译注

在布朗克斯区 ^①

过马路时，你听见一只红梅花雀的啾鸣，

　　　　你抵达对面路缘，

嗅到一头猪崽的气味，几分钟前，

　　　　它在这里横冲直撞；

巧克力的丝甜扑来，你正走近一株细瘦的兰花；

　　　　近旁，两棵条纹

猪笼草微启笼盖敬候；

　　　　有羊齿植物

从桃金娘的枝杈间萌生，露水已积聚

① 布朗克斯（Bronx），美国纽约市五个行政区之一。尽管诗人走在城市的街道，但眼前却浮现诸多来自夏威夷的记忆（红梅花雀、野猪、酪梨等），可理解为自然与大都会，或内心与外部世界两种声音的交融。——译注

在观音座莲^①上；

转入山脊，滑翔的云雾为棕榈和桉树罩纱；
        不远处，风铃木

悬摆着橙香的花朵；你盯看
        一棵圆果杜英树干上的裂痕，

盯看那板状根的迷宫，好像一个男人举着
        一块牌子，招呼人们

光顾一间新开的甜甜圈店，转身，砰一声，一颗野
    生酪梨
        掉到地上。

————————————

① 观音座莲（mule's foot fern），一种蕨类植物。——译注

开箱星球

当我凝视太平洋我从不期待

看到复活节岛上那些石头脑袋 [①] ，

我会遥想阳光涤荡的

黄草山坡徐徐铺展到海岸；

昨天有一只母鹿在果园里吃草：

它忽然竖起耳朵停止咀嚼

当它觉察到我们的目光

隔着玻璃门——睡梦中，一个老兵

满身大汗拆除一个地雷。

我在地球仪上标出珊瑚海

---

① 石头脑袋，指复活节岛上的摩艾石像群。——译注

海战的地点——已经没有人再为它恼火。

一首诗永远不会过于黑暗，

我点头，注视着基奈①，听见冰

沿入海口一块块碎裂；

昨天一只郊狼从我的车灯前

急步跑过，转头望向我时

脚步没有丝毫迟缓；我也想像这样

生活在这个星球上：

是兔子眼中玻璃门里的活物——

于无花处开花。

---

① 基奈（Kenai），美国阿拉斯加州一座城市。——译注

—— 一个男孩目睹了母亲被行刑队枪决——

遍历 ①

你将船桨侵入黎明的水中，向着湖心

　　划去——桨架吱嘎作响——然后，任其漂浮，

享用沿岸的松树气息。一个女人

　　把水倒进蒸锅，点燃炉子：水

煮开之前，她望向窗外跃动的微光：

　　两点之间，我们跨越一连串

无穷尽的路网：我们绕过旱谷干枯的河湾

　　撞见两副绵羊骨架；

牡丹花和毛茛在花瓶里开放。

---

① 遍历（traversal），字面意思为全部走遍，在电脑科学里指沿
　　着某条搜索线路，依次对树中每个节点做一次访问，是二元
　　树上重要的运算之一。——译注

日子具有丝绵的张力：

你细细梳理时辰，将之挂上纺车，把绞纱
　　　浸入染缸，无论悲痛或愤怒，

喜悦或欣欣然，都是定色的
　　　媒染剂。你发现自己站在

一个 T 字入口：圆形废墟的壁龛
　　　追循着太阳的轨迹；

一个女人用平底锅煎土豆，发现
　　　老鼠趁夜在水池底下

打了一个洞啃食了碟子里
　　　的香皂；猎人回家时拉开

纱门插销，听见屋内有响尾蛇的声音，
　　　他猛地关门，透过颤抖的网眼盯视。

辐射是

流星雨的起源点。

桃子红了：柏木条

和一把铁锹支撑起

沉甸甸的树枝；火山臼

蒸气缭绕；我们步行

穿过一座熔岩洞，豁然进入

野姜花点缀的

雨林；欲望

像菌丝体蔓延。

篮子里挎一枚牛肝菌，

我们在云杉和冷杉下搜集，

高山的空气沁凉；

一根烟柱在熔岩与大海衔接的地方

　　飘舞。是谁说过，*无中*

　　　　不能生有？ 我们没有

以草为床观看英仙座流星雨

　　却在汽车旅馆背后发现

　　　　一个葡萄园，我们边走边采集。

多普勒效应

停在车流中，我们等待加速

前往各自的方向。我听见火车

迫近的音量——今天有一百零九人

在大桥上汹涌的踩踏中丧生；

辐射水从地底渗透

流向太平洋；镍与铜

的颗粒物污染了靳江。

这个星球能承受一百亿人吗？

换个话题吧：蜘蛛草 ① 斜倚

玻璃门，抛洒六片兰叶；

---

① 蜘蛛草（spider plant）即吊兰。——译注

我越想把泥块捏成一只碗，

它越畸形；越是修补

越是搞砸，一次次失误

证明即便我如愿以偿

事情也不见得完美；河豚在甲板上充气；

路面上升起一阵烧胎[①]的白烟。

---

① "烧胎"指车轮原地空转与地面摩擦产生大量白烟。——译注

牢不可破

鹿在日出的苹果园悠闲地吃草，

皂荚叶落满了步道。

一个邻居听到山林中有枪声

纳闷什么人在近距离射击；

我在帕瓦奇河附近发现熊的足印

但未见传闻中美洲狮的踪迹。

当叶绿素潜返棉白杨的根

树叶爆发出金黄，我不免思索，

我们生命的金黄在哪里？你可以游历

底格里斯河与幼发拉底河的交汇地

羡慕漂流的芦苇之岛上

人们的发明；你可以

周游列岛走过蒸发着水

和硫酸的火山池；

但你不能改变这行将终结牢不可破的身躯。

或许死亡不会像涂了箭毒的飞箭

从吹管射向你，或像激浪

拍碎在黑色的火山岩上，

但它必将到来——必将到来——并统领我们——

兄弟姐妹，拳击手，纺纱工——契约已拟定，

当你用颤抖的手书写一封信。

——捆在女人身上的炸弹被一条垃圾简讯意外

引爆——

蟒皮

1.

烟吞没港湾里的小船——马达声

　　驶过，我们想起香港海上

彼此拴连的捕鱼船，摩天大楼

　　在远处矗立——上岸后，我依旧

上下浮动，水面的柴油味挥之不去；

　　尽管医学研究可以提炼

希拉毒蜥的唾液，抽取马蹄蟹

　　的蓝血，但人造雨

终不是解药；壁炉架上

　　火苗一晃在蜡液中

站稳，晚香玉倏然溢满房间；

　　日出时，我看到葡萄藤抽出新叶：

没有郊狼衔着野兔

　　从田野上斜穿而过，没有手雷

朝这边投掷，但我犹记火焰毕毕剥剥

　　在西边山岭上参差起伏，

烟雾擦除了窗外的苹果树——

　　迷蒙，无论我们朝哪里看，想，跑，停，在。

2.

有啤酒瓶和尿布片从汽车窗口丢出去——

　　你拎一把铁锹来到长满香蒲的湖岸，

每值春天，总有人掘一条水道

　　向附近的水渠放水；你修补好缺口

明知夏天来临之前它还会被挖开；

没人知道是谁干的；你与实验室的

炸弹研究员素未谋面——我研究

声音：声波遇到障碍时

　　很奇特，波长会拉长，

你把要做的事情分门别类：

邮局，见水权律师，买午餐吃的

　　苹果和酸奶；几乎漠视了一只蜂鸟

在耧斗菜间周旋；一位会计师

　　向往在草地上漫步，呼吸高山

空气，听流水从岩石间瀑流，

但他眯起眼睛盯着表格里的数字；一个律师

　　与他的老板约会但某日把她铐起来施暴，

打碎她两块面骨而她祈求饶她一命——

　　在监狱里他接过安全剃刀，

拆卸掉，趁夜切开自己的喉管。

3.

柯尼斯堡的主妇们依照一位哲学家

路过窗口的时间调校厨房的钟；

每天定时散步，如同一根小提琴弦

汇聚了全部潮汐的起落——油炸

螃蟹淹没在一篮四川辣椒里；

换乘地下铁的中途，一个男人在拉二胡，

旋律响彻每一条走道；

树枝的轮廓浮出黑暗——

我不经意看到一条挤在水箱里的

墨鱼的灰眼睛：假若你询问二胡上

震颤的蟒皮制造声音的感想——

假若盐或地衣或二胡开口说话？

4.

猫咪在门口留下一只毛茸茸的啄木鸟——

　　　某天一个男人醒来感到胸口沉痛

急需四重心脏绕道手术——他午餐时

　　　吃炸面包；你勘察一棵刺槐，

它独活的枝条今年没有抽芽；

承认不幸或许会减轻痛苦，

　　　　一滴红墨水滴落水中，旋舞，

消失于视线；刺槐木可以堆起来

　　　　做柴火，你观察院子里

蚂蚁堆砌的土丘，领悟到那些

空洞洞的穴道正在延续必要的呼吸；

　　　　厄运尚未逼近，那幸存于

一场干旱的棉白杨从你的浇灌中

　　　　荫蔽你的房子；在那弥漫地下道的

二胡旋律中，你抓住一寸

蟒皮的颤抖，立即感知到另一条

　　　　牵绊在树枝上蜕皮的蟒蛇；

当两根琴弦唤醒红焰交缠的

　　　　烛影，你从空气中采集

野鸢尾，一瓣瓣剥下我的，你的，他的，她的：

5.

翩翩向忍冬花，一只白蝴蝶——

借着烛光她草草写下几句话，牡丹正含苞待放——

两只母鹿从苹果园里跳跃着跑开——

他对准门檐下的纸胡蜂巢喷药——

阳光碰到了银白杨最高处的叶子——

一只雄鹿在细长的杨树干上摩擦鹿角——

你减速但稳速穿过雹暴直至放晴——

竹节虫伏在纱门上——

游回岸边，他们发现浅水里多了几只龟——

我们沿旱谷上行，回头瞥见谷底的树木弯成一
　　个 S——

汽车沉着的嗡鸣声载着男人们到实验室——

红翅黑鹂在香蒲丛中栖宿——

这牡丹花苞染香了空气——

他亲吻她的后颈，她挨着他依偎——

空中，不见一丝云——

地衣之歌

——空气中有雪　你看到木头天花板上一块
硬斑但在你走出淋浴间之前你从未思索过我
聚集湿气的方式　你并不在意我随你的呼吸
吐纳　多少年来你总是在洗脸对着镜子凝视
刮胡子梳理你的头发匆忙离去而我或许一千
年得以长高一寸正感受到阳光带来的麻刺感
你不会理解我如何能潜入液化气体的低温然
后回暖吸收水分毫无损伤地壮大　我大可以
在外太空麻木悬浮接受宇宙射线轰击最后归
返地球从睡梦中复苏继续呼吸不打一嗝　你
奔走往来而我攀附在树皮上当存之糖流淌
过你流淌过我你注定分裂倘若你只顾走走走
倘若你放慢脚步你将发现蚊子每秒钟拍翅六
百次在交配之前它们调和彼此翅翼的频率你
能感受到那欲望的烁火　现在我挥舞着你的
字句倘若你迎接而非遮蔽我的歌声你将领悟

你并非独自承担痛苦尽管痛苦已一滴滴渗透

你可以大胆挑动幸福的颤栗倘若你每当你停

下来注视一块岩石一根木栅栏但你咳嗽起来

你只需是的只需现在看我一眼因为眨眼之间

你将离去——

黑暗的中心

郁金香从土中冒出绿尖——
你没有剥取鲸脂没有在旱谷

射击啤酒罐只是被梨树枝上
隆起的苞芽吸引

徜徉在春天惊奇的荷叶边。
杰斐逊曾计划在白宫地板上

组装一头乳齿象的骨架然而
因为缺失的骨块，无法完成骨头的秩序；

当懂得一门语言的最后一人死去，
一种颜色便从可见光谱中消失。

昨夜，你驶过路边

闪烁飞旋的红蓝白灯——

暗夜的野火；并没有你认识的人
被抬上午夜的救护车，

一支箭正中靶心，箭杆嗡嗡
震颤：感激之情在片刻之间

如同地下湖的潮水涌起；
俄而，瓦解之感从一个黑暗的中心啮咬。

月升之时

夜间开车从钦利到茨索伊尔[①]，

我留心观察出没的鹿：被头灯照亮时，

它们瞬间失明但依然可能冲出公路。

一只未上釉的陶罐烧制后呈现的落灰纹理

将永远携带偶然之美，一个

乘直升机飞升的男人降落在冰山上

将永远听到脚踩在雪上的

声音。今天早晨我们徒步

从峡谷边缘下到白屋遗迹[②]，

棉白杨的树叶在风中摩擦

回响耳畔。*纳瓦霍*[③] *妇女把婴儿*

---

① 钦利（Chinle）和茨索伊尔（Tsaile）均位于美国亚利桑那州
  阿帕契郡。——译注
② 白屋遗迹（White House Ruins），位于美国亚利桑那州谢伊
  峡谷国家纪念区（Canyon de Chelly National Monument）的一
  个先民遗迹。——译注
③ 纳瓦霍（Navajo 或 Diné），美国西南部的一支原住民族。
  ——译注

捆在摇篮板卡在石缝间

一去不回。提示说小心麋鹿，

我却注意到一台车子只亮着一盏头灯

从我的后视镜中逼近——当人的大脑

被快闪的像素充斥，要转弯或刹车

是困难的。阿那萨吉人一定惊叹于

悬崖上炫目的白辉，而今夜

月光将先于我抵达我未抵之地。

光的回声

停车场上，我们仰望银河：

偷猎者把猎枪对准黑犀牛：

石舫在烟霞中消失。

我端视一株花烛的同时，凤头鹦鹉

在圆果杜英的枝头嘶鸣；

融水湖在冰盖上形成：河流分支

再分支。吉他手在音符的空隙间

挪移；一枚石子垂直坠入

一口黑井：他将错失

那无声的一刻当他把子弹

对准自己。墙上，一只红蜘蛛；

笼中的金刚鹦鹉在我们接近时躁动起来：

我将字母刻在书带木的叶片上。
如同灯火沿着海湾分布，

诺戴妞^①的音符在我耳中延宕——
闪耀之后回归声音的黑暗。

---

① 诺戴妞（Norteño），墨西哥北方民俗音乐。——译注

初雪

一只兔子静立在铺着碎石的私家车道上:

　　摄取寂静,
　　你盯视一棵云杉的针叶:

　　　　　没有一丝吹叶机的声音,
　　　　　没有黑熊的迹象;

几个星期前,一只雄鹿对着杨树干
　　磨角;
　　一个木匠在弯曲的石墙上标记木板位置。

　　　　你只注意到兔子的耳朵和尾巴:

它移动时,你通过混杂的石子找出它,
它静止时,再次与背景融成一片;

世界上一切存在都如同这纷乱的石头：

你以为你拥有一辆车，一幢房子，

还有这件迷宫般的蓝衬衫，但你只是

暂借它们。

昨天，你建造一座梦的水道

以为自己站在直布罗陀，

可你一无所有。

雪花在一池清水中消融；

并且，在这静止之中，

星光存在于你凝望的每一寸日光背后。

——红荆从灌溉渠的淤泥中生长起来——

院落之火

秋分日，

　　我们在院子里

　　　　点起一堆火：火星

喷入黑暗的空气，

　　全部的季节在火苗中

　　　　——折叠：

落雪压弯了丁香枝；

　　一朵鬼笔科

　　　　从滴水嘴下方的土里探头；

蚂蚁在牡丹花茎上跋涉；

　　凝视着木炭

　　　　如同高空跳伞，

我从年轻的岁月前坠落：起初

    我爬上一座高楼，

        远眺，认出倾斜的世界；

然后我在一道道门廊间穿梭：

    假如成熟意味着一切，

        那么死者教会了我们什么？

我们摆脱不掉愤怒和欲望，

    在往来的车流间迂回

        冲刺，确信

要求废除幻想

    即要求废除

        需要幻想的处境 [①]；

于是，当我拉下开伞索，

    春之花陡然盛放；

        落地时，我在大地上微微摇晃。

---

①   斜体字部分是对卡尔·马克思《〈黑格尔法哲学批判〉导言》（1884）中一句话的压缩。——原注

白沙

——走在一片白沙的棱线上——

　　　　清凉藏在沙面之下——

我们停步，看沙丘蜿蜒

　　至西边的天际，

　　　　落日的蛋黄坠落山巅——

一个小时之前，我们在沙丘上打滚，

　　　　白沙缀满我们的眼睫和头

　　发——

红葡萄酒杯仙人掌开花了，

　　肥皂树丝兰

　　　　随着移动的沙丘推

　　移——

多年之后，沿着长长的海岸线，浪花扑打着，

　　　　一浪接一浪，

揭示我们的生活展开的方式，

　　　　那一席席泛白的

　　　　　　海浪的光辉——

而我们光着脚迈步，

　　　　滚落沙丘，白沙沾染我们的嘴唇，

我们的眼睫；我们躺在温暖的沙中

　　　　当一轮满月

　　　　　　迎着天空之海升起——

盐之歌

祖尼人① 在通往以我命名之湖的道路上供奉圣坛

亦有米沃克人② 在太平洋沿岸建造盐池将我提取

猎豹渴求我　当你把我均匀地撒在一块肋眼排

上你全然不知我如何平衡着结晶中的寂静和雷

鸣　你梦见在马达加斯加收集蝴蝶　在回荡着

钟乳石滴水声的岩洞里探险　你看不见我多么

想在燃烧的火中摇曳橙色的曙光　从你的掌中

寻找我吧　在埃及我曾擦洗国王与王后的身躯

在巴基斯坦我需上溯二十六英里曲折的矿井才

得以呼吸第一口日光③ 假如你把一座窑加热到

2380华氏度并把我投入其中　我将瞬间蒸发与

陶胚结合　在这不可预知的一刻烧陶人祈祷着

---

① 祖尼人（Zuni），一个美洲原住民部落，大部分生活在新墨
　西哥州，在1994年至2003年间反对在他们奉为神圣之所的
　盐湖（Zuni Salt Lake）附近开发煤矿的计划。——译注
② 米沃克人（Miwok），美国北加州的印第安人。——译注
③ "在巴基斯坦……第一口日光"一句指位于巴基斯坦东部旁
　遮普省著名的克乌拉盐矿（Khewra Salt Mine）。——译注

因为我形成的图案已不受他掌控　当我碰触你
的嘴唇　你分泌唾液　当我在你的舌尖上融化
你的头发竖起　臭氧释放　一道闪电咝咝吐信
接通大地

——钚的废弃物被拖到地底下储存——

弹开

1. 冬之星

你永远无法忘怀那些裹在火焰里的尸体——
黄昏时分，你目睹一群乌鸦

在果园中聚集在枝杈上摇荡；
而当黎明来临，兔子傍着草地

跳跳停停；你从邮筒中
抽出报纸，瞄一眼

头条，你感到草尖上的露珠
星光般退却：昨天你遇到

一个汽车修理店的主人，他的父亲
曾在智利被捕，坐牢，受到拷问，

听闻开水烫死人的酷刑；

随着日光角度的变换，你感受到

季节正在以辽阔的星空向冬季

倾斜——烛光在恒河上扑闪，

你在那里点燃一支蜡，用一片叶子

送它顺流而下，扑闪着，消失于黑暗——

数十枚微弱的火焰扑闪着消失于黑暗——

然后你定睛于岸边喷发的火舌。

2. 洞

没有条纹鹰

落在他的汽车顶架上

环视雀鸟；转红的常春藤

一点点加深石墙的色彩；

他从花园摘下一颗金太阳番茄

品尝它在口中

迸裂的汁液，瞥见

山梅花伸出了小枝；

当他重新点燃热水器

的母火，检查了温控器，

水流的泉涌之声仿佛

耳边的诵祷；初夏时，

他曾观察一只知更鸟降落，

畅饮，泼洗它的双翅，

但此刻，一个正在拓宽的洞

啃噬掉那一刻；于是，望着一只

巢居在门楣上的斑唧鹩，

他意识到从滑雪场的盆地

采集鸡油菇供晚餐享用

是光年之外的事。

3. 护身符

绿咬鹃：你把它

　　　　写在一张纸上

　　　　　　随即擦掉；

一个词，是一个护身符，

　　　　均有迹可循：一只喜鹊

从大门口炫耀地走过

从视线中消失；

    当你咬一口海胆，

       海浪

在你口中激荡；你

    转身，看见房子上的

       白色透气窗，

峡谷中，彩虹的拱门

    没入云端；

       那些预期，恐惧，渴望——

谈不上是彩色的碎玻璃

    在万花筒中旋转——

       雾气从温泉释出

笼罩河岸：突然

你走向三位一体核试验 ① 的遗址

　　一边寻找玻璃

一边在太阳下数算

　　暴露的时间；

　　　　不起眼的东西突然都亮了。

4. 金继 ②

他在邮筒边的冰地上打了个滑——

公路上没有长角羚跳跃着经过——

印第安歌者用一根鹰羽轻叩他的双肩——

妇女们在河里濯洗靛蓝染色的纱线，镓和锗的颗粒

　　在今日河水的下游洗涤——

---

① "三位一体"（Trinity）是人类首次核试验的代号，于 1945 年
7 月在美国新墨西哥州索科罗县的托立尼提沙漠举行，为二
战期间原子弹研制工程"曼哈顿计划"的一部分。——译注
② 金继（kintsugi），亦称金缮修复，是用箔金与漆料黏合修复
碎裂瓷器的日本传统工艺。——原注

他们曾炸掉筑堤拖延军队的迫近——

摘采迷幻蘑菇，听雾霭中的牛铃——

小时候，他被绑在一只绵羊身上躲过了匪兵——

一朵苹果花绽开五枚花瓣——

他走在之字形山路上，脑中浮现脱掉她衣服的情
　　景——

望向火车窗外，他看到他们爬在梯子上割取仙人掌
　　浆果——

沙漠中，陨石坑里有放射性玻璃物质——

拼接起碎片，他用金漆修复一个破碎的灰色陶
　　碗——

他们食用迷幻蘑菇，出神地望着池水，脱光了——

杂树丛里猎捕火鸡，他突然驻足——

西黄松林传来：呜啊，呜呜呜——

5. 黄闪电

凌晨五点的天色中，一辆汽车亮着强光

和警示灯向我笔直开来；

急转方向盘压过黄线，我躲过了它

长舒一口气：紫水晶贴着一根线

不断增生：我将活着见证梨子

在果园中开花，红翅黑鹂

在香蒲丛中做窝；我爱你

兴奋的叹息——我的牙齿嗑住

你的耳垂——珍珠气泡蹿升至水面——

当一轮白月从峡谷中升起

将松林的影子抛掷在地表，感激之情

在我体内沉潜：星星般敏锐，

我铺好我们的床铺，床单之间

掩藏了你的水晶；当我拉开窗帘，
日光仿佛黄闪电隽永一刻。

6. 红领狐猴

你确定了斑唧鹩在横梁上筑巢的位置，
牡丹从土里抽出花茎，一种无名的痉挛
随着心脏的每一次收缩在血管中冲涌——
春天来了，却不见连翘的踪影——
在一家咖啡店，一个流浪汉收拾起
一本中文杂志和两条洗净的毛巾
装进一个透明塑料袋，口中念着"地铁站"
走出门去—— 一只鸟在蓝叶云杉上
婉转啼鸣，当它暂停歌唱，寂静
如同汩汩的冰川融水；
你在手推车里搅拌水泥，
装桶，拖拉着，爬上搭至屋顶的梯子
交给修补女儿墙的人——樱花
在潮汐湖畔旋展蓓蕾—— 一只红领
狐猴眯起眼睛盯住笼子外面人类的脸，
它忽然战栗，仓皇爬回洞中——
你不禁在这世间褶皱中冲涌：

7. 这是梦在写字，梦在说话 ①

艳红的九重葛映照在玻璃上——

她喜欢他拉她入怀的时刻——

你曾见过海鸦群聚在北极圈的崖壁上——

上千只紫贻贝暴露于低潮，牢牢抓住岩石——

他将手指插入她的脚趾缝——

雪上反弹的光刺痛他们的双眼——

虎鲨逡巡海岸猎食海龟——

一枚杨树叶坠落溪中——

---

① "这是梦在写字，梦在说话"（This is the writing, the speaking of the dream）是丹尼斯·泰德洛克（Dennis Tedlock）对玛雅瓷器上最早发现的一系列象形文字的翻译。——原注

当他拉扯她的发根，他变形为老虎——

这是梦在写字，梦在说话——

没人知道上万只海鸦死去的缘由——

他无比渴望莫洛凯岛 ① 的阳光平分他们山坡上的
　　身影——

日光流动，金斑闪耀的锦鲤翻搅池水——

他们翻搅池水——

虎鲸在威廉王子湾潜游——

8. 网之光

优雅地平衡在桥上，街灯
眷顾两岸，一个男人
将萨克斯风置于唇间，硬币

---

① 莫洛凯岛（Molokai），美国夏威夷州管辖的一个火山岛。
　　——译注

躺在仰口的帽子里，旋转木马

在广场上飞旋起来了：
通往天堂的门在哪儿？
一个女人伸直了手臂
低头举着一个纸杯——皮革工人

在灯下缝补：皮带，钱夹，手提包——
皮子染成栗色，米色，黑色——
工人们来自首尔，拉哥斯，新加坡——
教堂一面湿壁画在讲述

一位圣人的死亡：修道士向空中
伸出双手——飞机上，
静脉血栓在一个女人的腿部形成
并开始朝她的心脏迁移——

一串音符在水面漾开；
当血栓凝固，海浪拍打着
岸边的市场，男人们卸下
沙丁鱼决堤的银光。

9. 弹开

在威廉王子湾追踪虎鲸群的
日子里，她首先在甲板上读一首诗

迎接每一天。昼夜平分之时，
驼鹿笨重地踏过私家车道；我发现

被落潮委弃的橙色和紫色的海星，
以及章鱼洞穴的入口。天文学家

观测到两个黑洞的撞击；
重力波印证了相对论，

但我们不需要方程式即可感知那弹开的
空间和时间。一位海洋生物学家放弃了

一切，用桤木枝为自己编造棺椁，
铺上绿叶的衬里；一个木匠用烘干的

木板修复露台；我打量着
去秋种下的蜜脆苹果树

枝上隆起的芽，未开的苹果花
已在空气中成熟，有什么在地底

酝酿，我只能这样来形容：
看不见的鹿在茂盛的果园中移动。

—— 一个研制钚弹芯的男人现在以养马为业——

转化

尽管你我从未见过阿月浑子树[①]

在巴比伦的空中花园开花；从未见过

底格里斯河流出墨水，

尽管我们从未听到阿月浑子轻轻裂开，

但我们轮流抱过一只大声咀嚼竹叶的

熊猫，那沙沙声依稀分明。

在你身边醒来，我从你的发丝中

嗅闻八月。我曾认真倾听

你呼吸的画卷开合——海豚跃出水面

消失于弧线尽头的白色浪花；多年前

我们在这里研读《易经》推演蓍草，此时

我注意到西天的色彩正在消散，

垂柳上空忽然明朗。

熊猫扭动了起来，把一根竹茎

---

① 阿月浑子（pistachio）即开心果。——译注

塞进嘴里。我们走入一块空地，鸡油菌的菇蕾

正从土地冒出；那么，即便这压缩的时空

被一整天的奔忙遮蔽，*此刻*依然是

凫绿的深水处我的落锚点。我痴痴凝望

熊猫眼睛周围的黑色圆圈；

它是怎样从肉食动物进化到以竹为食？

这么多我无法测量的转化。

我们生命的弧线不停明灭，

时明时灭——嗖地

一个女孩用网子捕到果园里的萤火虫。

我拿起碗中一颗开口的阿月浑子

掰开它：亚述国的影子

涌出这日光的冲积扇。我在你呼吸的

秋日画卷中阅读春天；尽管你我

从未见证长城的完工，我醒来，

眼前是这不可重复的呼吸的等高线。

曙杉 ①

曦光中：一只年幼的红尾鵟

　　以滑翔的姿态降落树巅

谛视我，那眼神并非来自你——

　　一辆破烂的皮卡车在干河床里锈蚀；

沿途尽是绿线菊 ② 的蓓蕾——我往回走，

　　检查锅炉室的捕鼠器，

花生酱作为诱饵——此刻一只蚊蚋

　　对着发光的荧屏翩跹——而你在何处？

---

① 《曙杉》是为了纪念 C.D. 赖特（C.D. Wright）而作。斜体诗行出自她的诗《漂浮之树》（"Floating Trees"）。——原注
② 美国西南部原住民会用绿线菊（*Thelesperma megapotamicum*）制作一种草本茶，所以绿线菊在当地也被冠以部族名称，叫作纳瓦霍茶 "Navajo tea"（诗人原文中用法）或霍皮茶 "Hopi tea"。——译注

那天上午，我们在罗得岛州①的一座墓园

　　　散步，没有阅读一块墓碑；

我们察看一棵百年山毛榉，

　　　叶片紫红锃亮，充分吸收了阳光，

我们谈到曙杉②，

　　　谈到世界之初跃跃欲试的光

曾包含于一切事物。今天凌晨，

　　　在曙光之前的黑暗中，猎户座

与天狼星连成一条斜线，低低的，

　　　挂在山脊上；在日光

抹去所有星星之前，我听见你说，

　　　那些划掉的词返回了它们的袖子。

---

① 罗得岛州（Rhode Island），全名罗得岛与普罗维登斯庄园州，
　是美国面积最小、州名最长的一个州。——译注
② 曙杉（dawn redwood）常称水杉。——译注

省水花园

当她递给你一块鲸椎骨，
你惊叹于它拿在手上的分量，惊叹于

卡在它侧面骨隙间的一颗黑砂；
窗外的蜀葵

在阳光中伸展；房间里的字典
翻到"省水花园"这一页；

人行道与石子路上聚集了整日的热气
正在向夜晚疏散；

女人坐着写字
看到那些白杨木塑合板，框架工

在安装窗槛与

门槛——此地没有北极熊翻弄

城市的垃圾堆，没有海豹油灯
在暗夜的潮汐中摇曳——

你了解午后聚拢的
云流，了解雷声和球状闪电，

雨丝摇摆着
在触及地面之前蒸发，

然后你小心翼翼把鲸椎骨
放回电视机旁的玻璃桌台上。

远方的挪威枫

银白杨挺拔的脉络于枝梢处稀薄，

有什么从你指尖稀薄？

一分钟的意志，一天，一年？

黄金吊 [①] 在水中变换方向，摄取

阳光，再掉转，从视线中隐去。

人生的进程难免闯入意外的当口

乱了情节：一个小孩子折纸，

黏起牙签，设计一幢有白墙

和倾斜屋顶的错层小楼，

而他父亲一把抓起房子模型

---

① 黄金吊（yellow tang）是黄高鳍刺尾鱼的俗名。——译注

烧了它。倘若你吸入并像孢子般生成这个瞬间，
它将以肿瘤布满你体内，倘若你将它吐出，

午夜与正午即刻分解；日光斜照
饬令远方的挪威枫抽芽生叶。

视线 [1]

我在南贝河的风景中散步——

一棵红荆从灌溉渠的淤泥中生长起来——

基督圣血山上的积雪场在春天到来之前衰减——

幸而没有发怒的火肆虐洛斯阿拉莫斯的松柏——

钚的废弃物被拖到地底储存——

一个研制钚弹芯的男人现在以养马为业——

没人预想到蒙蒂塞洛相隔迢迢——

---

[1] 诗集《视线》中共有六首看似并无关联的"一行诗"，诗人
将它们在接近尾声的这首标题诗中接合起来，创造一种更为
广阔的时空共鸣。诗人说，亦可将那六首"一行诗"看作俳
句，或对这首标题诗的窥视和先兆。——译注

杰斐逊瞧不起报纸，但没有一样东西可以让我们从
　　自身分离——

一个男孩目睹了母亲被行刑队枪决——

捆在女人身上的炸弹被一条垃圾简讯意外引爆——

迎面而来一个竖起的圆形铁井盖，我绕出沟渠——

我走出沟渠走进一个更深层的自我——

我抵达一个春去秋来不再运转的时空——

我在没有人参的地方挖出了人参我欲望的信物——

即便你游访巴黎，你依然在我指端——

即便我走回沟渠，依然没有白云瓦解这世间的谜
　　题——

这条沟渠早在路易斯安那购地^①之前就存在了——

现在我走在泥泞之上，瞥见田间的马匹——

我们的身影在白沙的底色上塑造——

即便平行线相交于无穷远，无穷即在此——

---

① 路易斯安那购地（Louisiana Purchase）指美国于 1803 年向法国购买土地的交易案，由当时总统托马斯·杰斐逊主持。——译注

玻璃星座

苹果树的枝丫在月光中镀白；

这里没有鹮首人身的神祇
在莎草纸卷上书写；

白天，雪积落在石板
和篱笆桩上；多日以来，

泥瓦匠在露台上切割砖块：

圆锯的嗡鸣
在你耳廓回响，而此刻

寂静的空荚躺落地上；
水在一个碗形喷泉池内

上涨，盈满：倘若一切时光

都盈聚在边沿，一个男人把啤酒罐
扔出车窗，甩动手腕丢掷一根火柴：

树丛烧起来了，以扇形向东边的
田野扩散，直奔那里的房子和谷仓；

呛人的烟渗透

你的外套和头发，你正拄着一把铁锹：
树丛噼啪作响，火苗陡然蹿起。

你在内院铲雪时为一粒粒冰晶
吸引，目光反复摩挲那莹莹的光——

一只杂色鸫吞下一枚杜松子；

我们从空中观察迁徙的驯鹿，
它们的身躯推动

此刻肉眼可见的磁场线；

喜鹊跳上一截苹果树桩，

苍蝇从木栅栏飞向一根树枝；

你需要同样的全神贯注和力道
拧动锁眼中的钥匙，推门进去；

你回想起自己搞砸的事情：
有一次你锯短了一根 1×8 吋的木板

用来平整铺在门口的沙石，

但监工停下来冲你大叫，
"你把我切好的直角尺毁了！"

热浪在高速公路上波动
就在索尔顿海 ① 附近的一座葡萄庄园外——

路面溶化成摇曳的沙海；

---

① 索尔顿海（Salton Sea）是位于美国加州沙漠区的一座盐水
湖。——译注

你继续铲除过道上的雪，

热与冷交替刺激着你：

有一次在黑暗中，一头魁梧的母鹿

站在你身后——一个女人在面包店外

乞讨——当他拔掉门闩，

小鹿从果园浮现——

地震施加于饭厅的扭力

抹杀了一切欢笑——斑唧鹆归巢

给羽毛初生的幼鸟喂食——

凝视一张白纸上的涡流：

没有胡狼头神 ① 有义务为你的心脏

称重，看它是否轻过一根鹰羽——

---

① 胡狼头神即埃及神话中掌管亡灵的阿努比斯（Anubis），形
象为胡狼首人身，他的一个职责是将亡者的心脏与象征真理
之神玛亚特（Maat）的鸵鸟羽（诗中为鹰羽）放在天平上比
重，审判其是否有资格进入冥界。——译注

日出时你从灌溉渠中引水
让飞旋的水花喷洒在

草地上——先头侦察兵突然纹丝不动——

有谁知道一个在红色号志灯下架着拐杖
乞讨的男人走过的路？——地底下的

铀矿发出冲击波
震碎了整座村子的玻璃窗——

字典打开，翻到*耳蜗*

再翻到*刺鼻*——变薄的隔膜，
地球的大气层——你写下*呼吸*

然后聆听：咀嚼蒲公英的茎叶，
一只棉尾兔——牡丹花瓣

在花瓶中绽开，你闻到她后颈的味道。

研究员训练蜜蜂识别 TNT

的气味，为它们安装微型发射器

探测地雷在田间的位置；
孙子曰，*百战*

百胜，非善之善者也；水暖工
更换锅炉房的区域阀时

不小心让空气进入
水管；午夜，在没有供热的

房子里，你重启锅炉，

却发现水泥地面上，老鼠屎
像散落的米粒——尽管你曾用花生酱

设下圈套，你突然想起
一只大嚼着苹果心的郊狼

透过厨房的窗户与你对视，

阳光下眼神丝毫无惧；一只喜鹊

落在雄鹿背上啄食扁虱；

孙子曰，*声不过*
五，五声之变，

*不可胜听也。*①

在花盆里栽种旱金莲和半边莲——
一片沉寂之中，铮然一声琵琶—— 一只美洲狮

在夜色中悄悄接近邻居家的狗——
你走到灌溉渠旁

但没有找到水，手指捻过淤泥——

狙击手从二楼的窗口射击——
手指在琴弦上弹拨停当——

我把车钥匙放到哪里去了——我要~~烦死子~~迟到

了——

---

① 引文出自《孙子兵法》，英文为格里菲斯（Samuel B. Griffith）
译本，1963 年牛津大学出版社。——原注

这门底下~~该死~~的字条写的什么——

房租迟交了？——那卡车碾过的声音

~~从马路上传来~~——我需要一杯烈酒——
再等等——啊——那玻璃

碎裂的声音——现在我烦死了必须
等到卡车开走——~~或许~~

~~我应该搬到丹佛~~[①]——才能倒车出去——

驯鹿迁来时，开花的香草
开始枯萎——当你在键盘上敲下

我一向太没有想到这种事情了 [②]——你踏上
零下十华氏度的冰蚀湖：

冰晶燎烧你的睫毛——

---

① 丹佛（Denver），美国科罗拉多州的一个合并市县。——译注
② "我一向太没有想到这种事情了"（I have taken too little care）
出自莎士比亚戏剧《李尔王》第三幕第四场李尔王之口，中
文为朱生豪译本。——译注

你从渐暗的空气中
辨认出分叉的树枝；

你的视力每一分钟都在皱缩，
变浅，直到门上的玻璃格子

从窗过渡到镜子；

那一刻，悲伤与喜悦撬动天平
的两端；更早时，你全然不知

你将活着看到一株龙胆
凭空盛开；你多么熟悉

一页纸即将绽放火光的刹那——

盯着纸上空旷的雪白
你突然绷紧，一只北极狐

在黝黑的树干间穿绕：
一眨眼，全都不见；

光标一闪仿佛一个悬于拱顶的钟摆

在大理石地板之上摆荡
出弧线；没有神

拨弄你的神经，你写下麻刺感
并在冻雨转雨的时刻感到那麻刺。

一朵罂粟在白纸上开了——

他用手指梳过她的头发——
一枝山梅花氤氲流过——

斑唧鹀在喷水池畔饮水——
他把手攥紧，拉扯她的

发根——钓鱼人反复

收放鱼线——手松开——
苍蝇饵坠落溪中，一条割喉鳟

一口将它掠去——打开一朵天蓝的罂粟——
她在他的胸前他的乳头上涂油——

闪电的断奏在西天奏响——

畅游太平洋，他们低头看见
两条海豚交织起伏的曲线——

彼此环绕着，一只突然翻转
跃出海面向深处俯冲——

汽车换挡的声音——水流出

PVC 水管，灌入果园——
女人们在河边漂洗靛蓝染色的

纱线——他盯着壁炉上方
瓷砖上蓝色的锯齿线条仿佛

从未注意过它们——她看见六月

斜射进玻璃窗照亮走廊——

把他的骨灰撒进大海之前，

你痴望月光下枯死的杏树：
假如你听见街上一阵骚乱

并瞧见最后的皇帝正离开紫禁城

会是什么感觉？许多年后，
在西弗吉尼亚州，煤矿工人

携带炸药棒，用帆布床
滑入矿坑口再全身而退——

过往的爆破现今依然

掺杂着大蒜气味——嗅闻着空气
脑袋左顾右盼，一只郊狼

踏着碎步从玻璃门前跑过；
昨夜，它们发出嚎叫

把一只野兔撕成碎片；凌晨四点

一个面包师将面团送入烤箱：
有香气从地下室的窑中升起——

正当你吸气入肺，甲板上下起毛毛雨：
距离海岸线三英里，

你撒下骨灰，它在浪花中

回旋，形成一团灰色的
黑斑点点的云没入水底——

海滩上，你把一根伞杆
杵进沙子，

你听见一声接一声的啼叫但什么也没看到：

不久，一只笛鸻
绕水而来，暴露了，

岩石后面，四枚带斑点的蛋；
重新固定伞杆之后，你坐在

伞下，察觉到你的皮肤

正把你从死亡隔离，死亡绘制着
呼气与吸气之间

临时的等高线，它在玻璃门边
怒放的九重葛中炫耀

并触发白纸上的

光；玻璃分子
随温度的冷却而减速

但永远不会结晶，
你知道一次永远不会结晶，

它在你体内震荡复苏：

于是，你向一个在卡车之间
拐来拐去的计程车司机实言相告，向

捣碎了泥碗把它重新捏成一个球的

制陶人实言相告，向那只

为了争食腐尸加入一群聒噪的喜鹊

然后振翅离去的喜鹊

实言相告，当你徒步

走上山脊，露水已连夜

滋生，借助你张弛的

肌肉，你拉开了大门——

译后记

何其荣幸，我的第一本中文翻译诗集的主角是华裔美国诗人施家彰。这是我从未预想过的，但从此刻回望，又是那么必然，因为我愈来愈感到，他是需要在系统的阅读和专注的翻译中才能得到更清晰的辨认，也越发让人觉得惊喜和钦佩的诗人。

最初接触施家彰的诗，是为我与美国诗人乔直（George O'Connell）主办的双语诗歌网刊 *Pangolin House*（pangolinhouse.com）其中一期做准备。在那之前，我们已通过美国诗人简·赫斯菲尔德（Jane Hirshfield）的引荐与 Arthur 有书信往来，他还慷慨地寄送了诗集给我们。后来因为生活上的变动，直至 2020 年初，我才开始着手细读、翻译他的诗，结果一发不可收拾。也正是在这个时候，诗人王家新发来邀约，请我为他主编的译丛翻译一位诗人。施家彰的名字脱口而出，我们的想法一拍即合。

Arthur 听闻我愿意为他翻译一本全中文的诗选，是很欣喜的，随即发来当时计划收录于他下一部诗集《玻璃星座：新诗与诗选》中的最新一辑诗篇共 26 首，供我参考选译。书名"玻璃星座"是他上一本诗集《视线》（*Sight Lines*, 2019）最后一首长诗的题目，在我看来不仅含有某种总结和开拓的意味，也能形象地勾画出他长久以来的诗歌风貌，于是决定中文诗集采用同名，试探着将施氏的"星座"移植到汉语的夜空之中。

施家彰出生于美国纽约，父母皆为华裔，20 世纪 70 年代移居美国西南部新墨西哥州圣塔菲，至今在那里生活、写作。他原本是 MIT 的理科生，因为在大学时代参加了美国诗人丹妮丝·勒沃托夫（Denise Levertov）的诗歌工作坊，遂决定弃理从文，赴加州伯克利修习诗学和中国古典文学。回顾他的创作生涯，他曾先后四次集中翻译中文诗，从陶渊明、王维、李白、杜甫，到李贺、李商隐、李煜，再到八大山人与闻一多等，大部分结集在他的翻译诗集《丝龙》之中。这样一份经历赋予了他的写作一种特别的意义。他的诗包罗万象，擅长以情绪上的一致性串联起不同时空的意象，使得许多看似不相干甚至矛盾的事物在他的诗行中有机结合，密集的时态与情景的转换那么自然地拼贴在一起，令人仿佛经历了一场睁着眼睛的梦境。

乔直算是这本诗集的半个译者了，我要特别感谢他，在最初翻译的几个月里，每天与我背对青山，一句句一首首研读这些诗，以免发生不合适的误读。乔直以他诗人的直觉、对语言多层次的敏感，以及百科全书式的知识储备，耐心引领我在 Arthur Sze 同样星罗棋布的诗歌迷宫中找寻出口，连缀起我的肉眼或许还辨识不清的星际版图，指点出英语语境中那些非母语者难以体察的言外之意。而在我们对文本都不太确定，或无法在保留歧义的前提下两全其美地呈现原文意图时，便去信向 Arthur 请教。这些提问依照翻译的进程分阶段写给他，而 Arthur 也总是在第二天便发来回函，耐心细致地一一解答。在往返的问答之间，随着具体疑问的消解，彼此观点的交换，诗人潜伏的生活细节与创作驱力也慢慢透过纸背浮现出来。Arthur 在谈及一切时那种敞开的态度也时常让我感到动容。

在他的答案里，我有时惊讶于一些字义背后甚为繁复，乃至超越字义的背景故事。但促成诗人落笔的可说与不可言说的无数条线索，最终都将定型为纸上的墨迹，所以在考虑之后，我决定减少注释般的解读，尽量从语言上贴近他原本的表达。诗之迷思一部分在于词语之间的缝隙以及诗行之间的留白，无论读者从那些模糊

译后记

的词语间领略到了什么，都是诗人生命之内核的回声。

我始终相信，一个诗人最确切的传记，就是他的诗篇。

我想我需要大致交代一下编选的思路。我阅读施家彰的诗，是从他相对靠后的两本诗集开始的：2014 年的《罗盘玫瑰》和 2019 年的《视线》，然后倒退着补习了他更为早期的诗作。这个过程让我逐渐了解，这两本诗集——前者入围普利策诗歌奖，后者荣膺全美图书奖，尽管奖项并非绝对的衡量指标，却也从一方面印证了它们的成就——无疑是诗人个人风格形成后更为成熟的代表作，均体现出交响乐般绵延辉映的整体构思，熟悉的动机穿梭呼应，于交叠的时空中揭示一个发散而回环的宇宙，展现出诗人结合中国道家思想与西方现代量子力学观察世界的独特方式，令人不忍破坏其织体的任何一部分，于是决定两本书全书收录，作为此次诗选的三、四两辑，也为此给自己立下了一个"背水一战"的决心。剩下的水到渠成：彼时还未出版的新诗 11 首作为开局第一辑，让诗人当下之体验开门见山，尤其是《平原水渠》这首诗，对诗人在圣塔菲的居住环境和生活习惯做了近乎平直的描述，可以为集子里多处涉及同类经验的其他诗作提供一把解读的钥匙；其他中早期诗歌 41 首合录为第二辑，它们选自《红移之网：诗选

1970—1998》(*The Redshifting Web: Poems 1970–1998*)、《结绳记事》(*Quipu*, 2005)、《银杏之光》(*The Ginkgo Light*, 2009)。而《红移之网》则包含他早期的诗歌精选:《杨柳风》(*The Willow Wind*, 1972)、《两只渡鸦》(*Two Ravens*, 1976)、《目眩神迷》(*Dazzled*, 1982)、《河流,河流》(*River, River*, 1987)、《群岛》(*Archipelago*, 1995)。以上,约略涵盖了施氏 50 年创作生涯各个时期的主要作品,可以使读者一窥诗人完整而持续的写作面貌,应无憾矣。

德国诗人汉斯·马格努斯·恩岑斯贝格尔(Hans Magnus Enzensberger)说:"如果一首译诗不能称其为一首诗,自然也不能称其为一首译诗。"(What is not itself poetry cannot be a translation of poetry.)我信奉这一条翻译格言,虽然不确定自己在多大程度上达到了这样的标准,只是希望能以自己最大的努力,让 Arthur Sze 的诗作进入更多中文读者的星空,在他们的夜路上透出一缕幽微的光亮。

最后,感谢诗人王家新在这本译诗集产生的过程中给予我的一切帮助。

史春波

2021 年 11 月

译后记